D1618220

STRAHLER
Die ersten 13 Geschichten

Frank Dopheide

Strahler

Die ersten 13 Geschichten

Droste Verlag

Für euch.

Die vom Bett aus dem Krankenhausalltag mit Fröhlichkeit und Gleichmut begegnen und jene, die mit Sachverstand und Herzlichkeit dafür sorgen, dass es ihnen besser geht.

Gute Zeit.

Rääääähhh. Rääääähhh. Rääääähhh blökt die feuerrote Signallampe. Irgendetwas ist in Zimmer 12 passiert. Rääääähhh. Rääääähhh. Rääääähhh. Wie eine Rakete schießt Oberschwester Hiltrud aus dem Schwesternzimmer. So schnell ihre offenen Gesundheitslatschen sie tragen, wälzt sich Schwester Hiltrud schnaufend den Linoleumflur der Kinderkrebsstation entlang. Eine keuchende Lokomotive unter Volldampf. Ihr gewaltiger Busen hebt und senkt sich im Rhythmus des Schnaufens. Rääääähhh. Rääääähhh. Rääääähhh. Diese blökende Signallampe kann alles bedeuten. Nur nichts Gutes. Rääääähhh. Oberschwester Hiltrud weiß, manchmal kommt es auf jede Sekunde an. Rääääähhh. Rääääähhh. Rääääähhh. Im Laufen rattert sie im Kopf die wichtigsten Notfallmaßnahmen durch. Sie macht den Job schon ewig. Über 20 Jahre und ist hier die Oberschwester. Sie ist wild entschlossen auch diese Situation zu retten. Rääääähhh. Rääääähhh. Rääääähhh. Noch zwei Meter bis zur Tür. Rääääähhh. Rääääähhh. Ein Meter. Rääääähhh. Sie hechtet an die Klinke, reißt die Tür mit einem Ruck auf und blickt mitten in das Gesicht von Bombe. Der strahlt sie an wie ein Honigkuchenpferd und reißt seine neue Stoppuhr in die Höhe. »Hey Oberschwester, 13,6 Sekunden – Jahresbestleistung! Jungs, unter 14 Sekunden.

Spritze.

Die Mutter der Station auf der Suche nach dem Glück.
Irgendwas mit Chefarzt oder Prinz.

Ich hab es euch ja gesagt: Die Spritze ist spitze. Sie ist voll gut in Form. Ich habe die Wette gewonnen. Her mit den Fußballbildern.« Bombe ist glücklich und macht mit seinem Infusionsständer ein kleines Siegertänzchen im Zimmer, während er die gewonnenen Bilder bei seinen Zimmerkollegen Bizeps, Lippe, Zweistein und mir einsammelt.

Oberschwester Hiltrud, auch die Spritze genannt, steht keuchend im Zimmer und blickt schwer atmend und schwer verständnislos von einem zum anderen. Bizeps nickt ihr anerkennend zu. »Wir haben gewettet und Sie haben es uns allen gezeigt. Sie sind die schnellste Oberschwester der Welt.«

»Kein Wunder bei den Waden«, wirft Lippe ein.

Die Oberschwester zupft gedankenschnell ihren Kittel nach unten, um ihre von zehn Jahren Schwesterndienst trainierten Waden in den Oberschwestersocken mit Tigerentenmuster zu verdecken. Sie haucht ein tonloses »aber die Lampe« heraus. »Das war der Startschuss damit ich die Zeit stoppen konnte. Uns geht es gut. Setzen Sie sich erst mal, sonst müssen wir Sie noch ins Krankenhaus bringen«, grinst Bombe und schiebt der Schwester einen Besucherstuhl unter den Po. »Und einen Schluck Wasser. Sie sind ja ganz außer Atem. Sie sollten mehr Sport machen«, feixt Lippe und reicht der Schwester ein Glas Humpelbacher Krötenquelle, aus gesundheitlichen Gründen ohne Kohlensäure.

Spritze öffnet ihren Mund. Und schließt ihn wieder. Und öffnet ihn wieder. Sie wirkt ein bisschen wie ein Karpfen im

Kittel, aber ohne Teich. Oberschwester Hiltrud, die Spritze, dreht sich wortlos um, schnappt wortlos nach Luft und verlässt ebenso wortlos das Zimmer. Ohne eine Silbe, aber mit all ihrer Autorität stampft sie zurück ins Schwesternzimmer, lässt sich auf ihren in die Jahre gekommenen Oberschwesternstuhl fallen und öffnet die beiden obersten Knöpfe ihres Oberschwersternkittels. Sie greift zu einem Stück Verbandsmull und tupft einige glänzende Schweißtröpfchen von ihrer Oberlippe und fasst in die unterste Schublade des schmucklosen Schreibtisches. Sie muss ein bisschen wühlen, bis sie in die Finger bekommt, was sie händeringend sucht: die Flasche mit ihren Beruhigungstropfen. Extra groß. Extra stark. XL Forte, wie das Etikett sagt.

Der Chefarzt sieht es zwar gar nicht gerne, dass sie hier Medikamente nimmt, aber bei dieser Bande bleibt ihr nichts anderes übrig, wenn sie nicht hier und jetzt an Herzinfarkt und Schnappatmung sterben will. Und das will sie nicht. Spritze wirft ihren hochroten Kopf in den fleischigen Nacken, sperrt ihren Mund weit auf, schließt die Augen und lässt die beruhigenden bitteren Tropfen auf ihre nervöse Zunge tropfen: eins, zwei, drei, vier, fünf, sechs, zehn. Sie atmet tief durch, öffnet die Augen, wirft einen Blick auf die Mickymausuhr über der Stationstür und erkennt mit Schrecken, dass ihre Schicht noch 10 Stunden und 25 Minuten dauert. Sicher ist sicher, denkt sie sich und gönnt sich noch mal 10 Tropfen Beruhigung. Vorsichtshalber. Sie ist auf diese Bande reingefallen. Schon wieder.

Ein bisschen Spaß muss sein.

Die Bande, die der Spritze das Leben nicht unbedingt leichter macht, sind wir: die Strahler.

Hier auf der Kinderkrebsstation des Krankenhauses Sieben Schmerzen Mariens. An dieser Stelle noch mal einen Dank an den einfühlsamen Schöpfer, der diesen feinsinnigen Wohlfühlnamen ersonnen hat. Wir sind die Strahler, weil einige von uns in der Strahlentherapie sind. Das ist so was wie die Eliteeinheit der Patienten. Mandelentzündung, Nasenscheidewandbegradigung, Ohrenanlegen sind Krankheiten für Anfänger, Milchbrötchen, Weicheier, Lutscher. Wenn du Krebs hast und in die Strahlentherapie kommst, dann kriegst du ihn sozusagen automatisch, den Respekt aller anderen Patienten. Dann gehörst du zu den Harten der Harten. Sie rasieren dir deine Rübe und malen mit einem Edding Permanent Marker die abgefahrensten Zeichen auf deinen Kopf, damit die Strahlenkanone richtig trifft. Dann wirst du bestrahlt – mit Kobalt, irgend so einem radioaktiven Zeug, das man beim Bestrahlen gar nicht merkt, aber nachher umso mehr. Ein paar von uns glauben, dass wir im Dunkeln sogar leuchten wie die Zeiger an Papas Armbanduhr, wenn du genug Bestrahlungen bekommen hast. Hab ich allerdings noch nie gesehen, weil ich immer so schnell einschlafe.

Na ja, und als Strahler verbringst du nun mal ziemlich viel Zeit im Krankenhaus. Noch schlimmer, im Bett des Krankenhauses. Und völlig egal, wie viele Comics du hast, wie oft du Super Mario spielst oder wie viel Besuch du bekommst, die meiste Zeit ist es einfach sterbenslangweilig. Was ja irgendwie auch kein schöner Tod ist, wie ich finde. Da ist es doch viel besser, du hast deine eigene Bande. Dann kannst du nämlich im Krankenhaus die verrücktesten Dinge der Welt erleben. Das hören die Ärzte und Schwestern natürlich nicht so gerne, weil sie immer wollen, dass wir Ruhe halten. Mamas und Papas hören es auch nicht so gerne, weil sie sich um alles sowieso von morgens bis abends Sorgen machen. Darum ist es wahrscheinlich auch noch nicht nach draußen gedrungen. Man kann überall Spaß haben. Sogar auf Station E3.

Wir Strahler auf Zimmer 12 sind so was wie die Fantastischen Vier plus Eins: Bombe, Zweistein (genannt »der Zweistein«), Bizeps, Lippe und ich.

Bombe ist hier der Chef. Der Ur-Strahler sozusagen. Er heißt eigentlich Bernd-Torsten und denkt, dass ihn wahrscheinlich schon der Name krank gemacht hat. Aber seine Eltern konnten sich nicht einigen. Sein Vater wollte einen Bernd haben und seine Mutter einen Torsten, weil sie zu dieser Zeit in ihren Tennislehrer Torsten Elers verliebt war. Also hat Bombe statt einem doofen Namen eben zwei doofe Namen. Er ist am längsten von uns hier, fast ein ganzes Jahr. Bombe hat 12 Bestrahlungen hinter sich. Seitdem nennt er sich Bombe und fühlt sich wie die erste

Bombe. Chef der Strahler.
Fürchtet sich vor nichts.
Nicht mal vor dem Essen im Krankenhaus.

Neutronenbombe in Frottee-Schlafanzug. Nur der gewaltige Hulk und er können mitreden, was bei so einer Therapie in einem abgeht. Bombe kennt alles und jeden hier im Krankenhaus. Er hat vor nichts und niemandem Angst, noch nicht einmal vor Oberschwester Hiltrud.

Lippe ist erst seit einer Woche auf unserem Zimmer, aber schon voll in die Bande aufgenommen. Er hat die größte Klappe und die besten Sprüche. Sogar im Schlaf, wenn er redet, was er ziemlich oft tut, kann er Witze reißen. Lippe kann jeden schwindelig quasseln. Ihm fällt immer eine Ausrede ein, sodass wir meist mit einem blauen Auge davonkommen. Natürlich nur im übertragenen Sinne. Lippe heißt Tim, sagen jedenfalls seine Eltern. Kevin wäre auch nicht besser. Tim hat rote, abstehende Haare, jede Menge Sommersprossen und zwei große Brüder, die ziemlich stark aussehen und ihm immer Eiweißriegel mitbringen, damit Lippe groß und stark wird. Wobei Lippe meint, das Einzige, was groß und stark davon wird, ist sein Stuhlgang – und die Darmschleimhäute.

Der Zweistein ist ein seltsames Wesen. Er sagt nie was und weiß immer alles. Ein echt schlauer Kopf. Doppelt so schlau wie Einstein – darum auch Zweistein. Ich glaube die meiste Zeit lebt er in seinem Computer. Aber er ist ganz ok. Ziemlich hässlich. Was hier allerdings nicht so auffällt. Wahrscheinlich fühlt er sich deshalb so wohl bei uns. Weil wir alle nicht gerade die Schönsten sind. Seltsame Gestalten, die in Diddelmaus-Schlafanzügen, kahlköpfig und blass wie Vampire im Vollmond durchs Zimmer geistern. Vampire am Tropf mit dicken, von Mama gestrickten Socken in Gummi-Badelatschen. Der Zweistein könnte eigentlich Professor Zweistein der Vierte heißen. Er kommt aus einer Familie, die seit Generationen nur echte Schlaumeier hervorgebracht hat. Ein Opa hat sogar mal den Nobelpreis für Elementarteilchenphysik gewonnen. Schön für das Familienstammbuch und das Selbstbewusstsein.

Aber dadurch ist Alexander, so sein Name auf der Krankenakte, auch nicht hübscher geworden.

Dann haben wir noch Bizeps, der, anders als sein Name vermuten lässt, eher aussieht wie eine Salzstange. Er ähnelt in seinem Körperbau unübersehbar einem Mädchen. Einem kleinen Mädchen, das Ballettunterricht nimmt, wenn ihr wisst, was ich meine. Doch da er leicht empfindlich ist und wir ihn schwer mögen, nennen wir ihn eben Bizeps. Er freut sich und kommt sich stark vor. Billiger kann man niemandem eine Freude machen. Dafür hat man schließlich Freunde.

Dann bin natürlich auch noch ich da, hier in Zimmer 12. Kurz nach meiner Geburt bekam ich den Namen Henry und ich bin so was wie der Schriftführer der Strahler. Jede Nacht bevor hier die Lichter ausgehen, also um halb neun abends – so sieht das Leben im Krankenhaus aus – reden wir noch mal über die Abenteuer des Tages. Ich schreibe sie dann auf. Vielleicht machen wir sogar mal irgendwann ein Buch daraus, damit ihr und die Welt endlich mal erfahrt, wie es wirklich so aussieht, hinter den Mauern des Sieben-Schmerzen-Mariens-Krankenhauses.

Damit ihr versteht, dass gerade im Krankenhaus eine gesunde Portion Humor wahre Wunder wirkt. Man kann wirklich Abenteuer erleben, während Antibiotika in deinen Arm tropft: kein Quatsch.

»Schlafen«, dröhnt die Stimme von Oberschwester Hiltrud ins Zimmer. Ohne uns auch nur eines Blickes zu würdigen, löscht sie das Licht, und schon knallt die Tür wieder zu.

Es ist noch nicht einmal acht. Wahrscheinlich ist sie immer noch wütend auf uns, wegen des Lauftrainings. »Spritze war heute echt super in Form. 13,6 Sekunden – so schnell war sie noch nie. Vielleicht sollten wir sie ab jetzt Blitz nennen«, höre ich Bombes zufriedene Stimme aus dem Dunkel des Zimmers.

»Kugelblitz«, wirft Lippe ein. »Henry, notier die Zeit.« Mach ich natürlich.

Gute Nacht, ihr Strahler.

Brötchenalarm.

Flirr. Mit unangenehmem Sirren springt unsere Neonlampe an und taucht Zimmer 12 in schmerzhaftes Weiß. Als würde ein Leuchtturm direkt in dein Gesicht strahlen, mit einer Wattzahl, die als Flutlicht des Olympiastadions überdimensioniert wäre. So gleißend hell, dass du die ersten fünf Minuten blind bist. Die Uhr auf meinem Nachtisch zeigt gemütliche 5.45 Uhr. Wie jeden Morgen rollt die Morgenschicht in müder Gestalt der Schwesternhilfen Biene und Bohne herein. Übrigens eine der wenigen Fragen, die selbst der Zweistein nicht zufriedenstellend beantworten kann: Warum wird man in jedem Krankenhaus unseres Erdballs noch vor dem Morgengrauen aus dem Schlaf in den Tag gejagt, um dann den Rest des Tages wieder im Bett zu verbringen? Ich wette, weil die Schwestern genervt sind, dass sie so früh aufstehen müssen. Sie sagen sich: Geteiltes Leid ist halbes Leid. Sie scheuchen uns aus den Federn und fühlen sich gleich besser, wenn jeder Patient weltweit mit ihnen leidet.

Schwesternhilfe Biene trägt ihrem Namen entsprechend immer gelb-schwarz gestreifte Socken unter dem Schwesternkittel, damit jeder sie erkennt und sieht was für ein verrücktes Huhn sie ist. Bohne ist, wie der Name vermuten lässt, von gesunder Hautfarbe. Haselnussbronze, wie sie sagt. Biene und Bohne sind heute, wie jeden Tag, erholsam maulfaul. Wofür ich ihnen zutiefst dankbar bin. Kämen sie fröhlich schnatternd ins Zimmer und zwängen dich dazu, mit ihnen zu reden, wäre der Tag unrettbar verloren. Die Kunst besteht darin, nicht wach zu werden und trotzdem zu tun, was sie verlangen. Der schwierige Moment kommt, wenn du aus dem Bett musst, damit sie es frisch beziehen können. Aber jeder von uns ist mittlerweile austrainiert. Und so geht's: Du lässt die Augen die ganze Zeit zu, fest zu. Du sagst keinen Ton, steigst immer mit demselben Bein aus dem Bett, lehnst dein müdes Haupt an die Infusionsstange und wenn der Geräuschpegel nachlässt, steigst du wieder ein. Bloß keine hektischen Bewegungen. Zehn Minuten später ist üblicherweise alles vorbei. Außer, dass das Licht immer noch wie voll aufgeblendete Nebelscheinwerfer eines 30-Tonnen-LKWs in dein Gesicht flutet – bis der Erste von uns die Nerven verliert und mit einem »Biene ist tot. Spätestens morgen blase ich der Hilfsschwester das Licht aus« die Suchscheinwerfer ausschaltet. Heute war es Bombe. »Biene ist tot. Spätestens morgen blase ich der Hilfsschwester das Licht aus.« Noch 'ne ganze halbe Stunde, bis das Frühstück kommt.

Frühstück ist eigentlich nicht das passende Wort. Es müsste »Viel-Zu-Früh-Stück« heißen. Aber dafür müsste es schmecken. Und von Geschmack kann man in diesem Zusammenhang wirklich nicht reden. Es sei denn, es läuft dir bei der Vorstellung von feuchter, kalter Pappe das Wasser im Mund zusammen. Aber wir sind ja hier nicht im Hotel und das Leben ist kein Wunschkonzert, wie uns Schwester Spritze Tag für Tag für Tag einbläut. Wir können dazu schon synchron die Lippen bewegen.

Als ich meine Augenlider mit Superheldenkraft hochschiebe, sehe ich: Alle Strahler sind schon wach. Sie haben die Rückenlehnen ihrer Betten hochgefahren, die Kopfhörer in die Ohren gestöpselt. Sie beißen herzhaft mit Todesverachtung in die Pappe, die angeblich Graubrot ist, belegt mit gelber Pappe, die angeblich Käse ist.

Es gibt überhaupt nur ein einziges Lebewesen auf diesem blauen Planeten, das sich auf dieses Frühstück freut: Brötchen. Die handtellerkleine griechische Landschildkröte von Zweistein.

Als hätte er es gehört, öffnet Zweistein die oberste Schublade seines Nachttischchens und hebt die kleine Schildkröte heraus. »Guten Morgen, Brötchen – du hast ja noch Traumsand in den Augen«, begrüßt er das kleine Wesen und setzt es auf seinen Bauch, um ihr über das kleine Schildkrötengesicht zu streicheln. Schon kommt die klitzekleine lila Zunge heraus, das sichere Zeichen: Brötchen hat schwer Kohldampf und kann es kaum erwarten – ihre erste Scheibe Leberwurstbrot. Obwohl ihr eigentliches Lieblingsgericht Gurkenscheiben und ein paar Häppchen Tomate sind, aber nicht zum Frühstück.

Natürlich sind Tiere strengstens verboten im Krankenhaus wegen der Hygiene, der Viren und der Millionen anderer Gründe. Aber erstens ist das hier ja kein Tier,

Brötchen.

Die Kröte mit dem gesündesten Appetit des Universums.
Immer hungrig auf Abenteuer.

sondern Brötchen. Zweitens ist Brötchen noch so klein, dass sie mühelos in die Schublade passt und drittens weiß es ja keiner.

Heute scheint ein guter Tag zu werden. Keiner von uns hat heute Bestrahlungen, nur Massage, Computertomografie und Blutabnahme. Nur Blutdruckmessen. Nichts Weltbewegendes, denke ich so für mich. In der vertrauten Runde seiner Freunde in den Tag zu mümmeln, macht Spaß, vor allem wenn man nicht reden muss, weil man sich blind versteht. Denn spätestens bei der täglichen Visite ist es mit der Ruhe vorbei.

Als hätte ich es geahnt. Mit einem Windstoß rauscht Herr Götter ins Zimmer. Der Chefarzt hier in dem Laden.

In der Wahrnehmung der Schwestern kommt der Chefarzt gleich nach Gott. Und gleich vor Gott in der Wahrnehmung unserer Mütter. So verhalten sie sich zumindest. Ärzte sind Herrgötter in Weiß. Wie Herr Götter eben, auch wenn auf seinem Arztkittel neben den 22 Kugelschreibern Prof. Dr. Dr. Specht steht. Einmal die Woche ist Chefarztvisite. Das musst du dir vorstellen wie eine Audienz beim Papst. Nur, dass der Papst zu dir ans Bett kommt und dir den Puls fühlt.

»Wie geht's uns heute?«, fragt er gut gelaunt in die Runde.

Zum Glück blickt er zuerst in meine Richtung. Genau die Zehntelsekunde, die Zweistein braucht, um Brötchen unter seiner Bettdecke verschwinden zu lassen.

»Ich dachte, wir sind hier im Krankenhaus und nicht in einer Quizshow«, lässt Lippe von sich hören. Herr Götter macht den Job hier schon zu lange, als dass er sich von Lippe aus der Ruhe bringen lässt. »Ich würde gerne von dir wissen, wie es dir heute geht, mein lieber Tim.«

»Ne Doc, das ist Ihr Job. Sie sind hier der Profi. Mal sehen, was Sie so drauf haben«, Lippe lässt sich in die Kissen zurück sinken und reicht dem Chefarzt seinen Arm zum Blutdruck messen. Herr Götter setzt sich auf sein Bett, blättert durch Tims Krankenakte und sagt: »Dein Zustand stabilisiert sich. Du bist ein harter Brocken.«

»Wer dieses Frühstück übersteht, den bringt nichts um«, antwortet Lippe. Herr Götter ist echt in Ordnung. »Und der Rest, was ist mit euch? Seine Witze müssen doch weh tun«, fragt er in die Runde als er hinüber zu Zweistein schreitet. »Nur wenn wir lachen.«

Ich sehe von meinem Bett aus, wie Zweistein das Herz bis zum Hals schlägt. Unter der Bettdecke malt sich Brötchens kleiner Körper ab, der langsam nach oben krabbelt.

Herr Götter steht nun mitten vor dem Bett. Er greift zum Stethoskop, das vor seiner Brust baumelt und deutet unserem Zweistein an, sich nach vorne zu beugen. Der Zweistein tut es, atmet, hustet, hält die Luft an – alles auf Kommando. Unter seiner Bettdecke krabbelt es ununter-brochen weiter. Die Spannung steigt, die Luft ist elektrisiert und drückt brummend auf mein Trommelfell. Auch wenn jeder von uns so tut als wäre nichts. Die Schwestern sortieren im Hintergrund unsere Krankenakten. Endlich ist Herr Götter fertig mit seiner Untersuchung und macht sich in aller Seelenruhe auf Zweisteins Bettkante breit, um

Fieber zu messen. Wie könnte es auch anders sein, genau in diesem Moment lugt ein kleiner Schildkrötenkopf unter der weißen Krankenhaus-Bettwäsche hervor und blickt dem Chefarzt fröhlich und neugierig mitten ins Gesicht. Brötchen zeigte ihm die Zunge. Klein und lila. Offensichtlich hat sie noch Hunger. Der Zweistein bekommt innerhalb einer Hundertstelsekunde eine knallrote Bombe. Eine Art akuter Fieberschub. Herr Götter blickt in das Schildkrötengesicht. Dann schaut er Zweistein geradewegs in die Augen und klopft ihm auf die Schulter. »Du hast kein Fieber, aber pass auf, nicht dass du dir hier im Bett die Schildkrötengrippe einfängst.« Die Schwestern sehen sich kopfschüttelnd an. Was in aller Welt ist die Schildkrötengrippe? Der Chef sagt manchmal seltsame Dinge. Herr Götter ist auch mit uns anderen zufrieden, in Anbetracht der Umstände, wie man zu sagen pflegt. »Keine Weltrekordversuche mit Schwester Hiltrud heute, nicht dass mein Blutdruck wieder in die Höhe schnellt«, trotzt er uns ein Versprechen ab. Und schon rauscht er wie der Wind aus dem Zimmer. In seinem Sog schweben Maria, Biene und Bohne hinterher.

Der Zweistein hat seit mindestens sieben Minuten nicht mehr geatmet. Jetzt schnappt er erstmal wie ein Blauwal nach Luft. »Mann, er hat uns nicht verpetzt«, japst Zweistein. »Mann, ich muss aufs Klo.« Er setzt sein Brötchen auf den Boden und verschwindet zappelnd Richtung Toilette.

Wir versenken uns wieder in unsere Musik und Comics, bis der Zweistein nach einer ganzen halben Ewigkeit mit großer Gelassenheit und großer Geste wieder in Zimmer 12 auftaucht. »Angeblich soll die menschliche Blase ja nur 0,9 Liter fassen – bei mir waren das mindestens 2,4 Liter, ihr könnt Kaiser von Pinkellang zu mir sagen.« Er blickt unters Bett und fragt: »Wo ist denn Brötchen?«

Keine Ahnung. Niemand von uns hat auch nur eine Sekunde an Brötchen gedacht. Wir schießen aus unseren Kojen und schauen unter die Betten. Nichts. Unter unsere Bettdecken. Nichts. Hinter die Nachttische. Nichts. Hinter die Vorhänge. Nichts. Die Schränke sind abgeschlossen. Oben auf den Schränken? Nichts. Klettern ist auch nicht gerade ihre Stärke. Aber rennen. Und die Tür stand die ganze Zeit offen. Fehler. Wie von der Tarantel gestochen springen wir in den Flur. Rechts. Nichts zu sehen. Links. Nichts zu sehen. Oder? Ganz am Ende des Ganges bewegt sich etwas. Das kann unmöglich unsere Kröte sein. »Da ist sie!« Bizeps hat sie entdeckt. »Die läuft ja schneller als Spritze«, bezeugt Bombe seinen Respekt. Zweistein ist außer sich. »Sie ist am Bestrahlungsraum«, überschlägt sich seine Stimme. »Bleib ruhig, sie hat ja keinen Schlüssel«, versucht Lippe einen Witz, der aber nicht besonders gut ankommt. Genau in diesem Moment öffnet sich die Tür zum Bestrahlungszimmer und Schwester Michaela tritt über Brötchen hinweg in den Gang.

»Da, da, da, ...«, der Zweistein ist in Panik und sein Super-gehirn bringt kein vernünftiges Wort heraus. Bombe ist völlig fasziniert und starrt auf die Schildkröte, die gerade im Bestrahlungsraum verschwindet. Die Tür fällt hinter ihr ins Schloss und nur noch das große neonstrahlende Warnschild ist zu sehen. Brötchen ist gefangen.

»Wenn Schwester Michaela jetzt auf Bestrahlen drückt, war es das mit Brötchen«, entgleitet es mir. »Dann können wir sie Rosinchen nennen«, erwidert Lippe. Der Zweistein wird ohnmächtig und sackt wie ein nasser Sack mit Brille in sich zusammen. Bombe fängt ihn auf. Bizeps spurtet los. Mit dem Infusionsständer in der rechten Hand schießt er wie ein Lasergeschoss auf den Bestrahlungsraum zu. »Aaaaaaaahhhhhhh«, schreit Bizeps als er auf Socken vor die Kommandozentrale rutscht. Doch Schwester Michaela hat die Tür bereits geschlossen und blickt den papageienhaft flatternden Bizeps irritiert durch die Scheibe an. Ihr rechter Zeigefinger schwebt bedrohlich über der Strahlungstaste. Bizeps gackert wie ein Suppenhuhn und flattert mit seinem dünnen linken Hühnerärmchen. Schwester Michaela zeigt sich unbeeindruckt. Sie schüttelt den Kopf. Es wird eng für Brötchen. Bizeps Gehirn arbeitet wie verrückt. Es fällt ihm nichts ein. Nichts. Ihr Finger senkt sich. Bizeps weiß sich nicht mehr zu helfen. Er muss jetzt was machen. Irgendwas. Also zieht er sich die Hose herunter. Mit nacktem Po und laut schreiend steht Bizeps, die Salzstangenfigur, jetzt vor dem Schwesternzimmer. Ein Bild, das auch bei Schwester Michaela nicht ohne Wirkung bleibt. Sie nimmt den Finger vom Abzug, kommt kopfschüttelnd aus dem Zimmer und zeigt Bizeps einen Vogel. Hinter ihr fällt die Tür ins Schloss. Bizeps hört auf zu gackern. Es herrscht völlige Stille. Schlagartig wird ihm bewusst, was

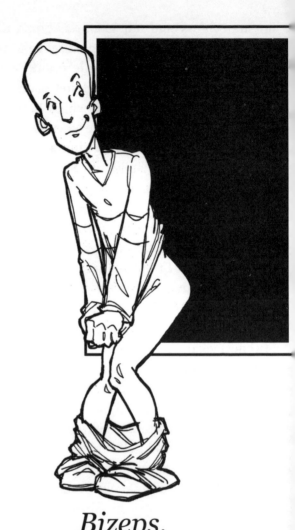

Bizeps.

Würde für die Strahler sein letztes Hemd geben.
Und seine letzte Hose auch.

er getan hat. Vor jedem Zimmer stehen die Kinder und schauen mit großen Augen und offenen Mündern in seine Richtung. Und da steht er wie Gott ihn geschaffen hat, also fast: mitten im Flur, schreiend, mit nacktem Hintern und heruntergelassener Schlafanzughose. Schwester Michaela zieht ihm die Hose hoch und schiebt ihn Richtung Zimmer 12. Bizeps konzentriert sich auf die Zehen in seinen Wollsocken und versucht jeglichen Augenkontakt zu vermeiden. 25 Meter Spießrutenlauf. Zeit genug für mich, zum Bestrahlungszimmer zu flitzen, die Tür zu öffnen und Brötchen zu sehen, die zufrieden mitten im Raum unter der großen Strahlenkanone hockt. Dick eingepackt mit Bleigürteln, Schutzbrille und Strahlenhelm liegt der dicke Ingo auf dem Tisch und hat wie immer nichts von allem mitbekommen. Ich stecke das Fast-Rosinchen in meinen Bademantel und husche zurück in unser Zimmer. Bizeps sitzt apathisch mit leerem Blick in seinem Bett.

Der Zweistein, Bizeps und Lippe schauen mich erwartungsvoll an. Ich holte unsere Abenteuerkröte aus meinem Bademantel und gebe sie Zweistein. Erleichtert streichelt er ihr über den grünen Kopf, um sie gleich darauf in die Schublade zu stecken: »Hausarrest.«

Langfinger leiden länger.

Irgendetwas stimmt nicht. Ich liege im Bett und irgendetwas fühlt sich anders an. Ich halte die Augen geschlossen und lausche so lauschig ich kann. Das ist es. Ich höre nichts. Obwohl ich die Augen zu habe, wirkt alles um mich herum so himmlisch friedlich. Bin ich tot? Ich liege im Bett und überlege, was ich jetzt tun soll. Was, wenn ich aufwache und gestorben bin? Also beschließe ich, mucksmäuschenstill liegen zu bleiben und nicht aufzuwachen. Erst einmal Zeit schinden. Wenn das bloß nicht so langweilig wäre. Meine Nase beginnt zu jucken. Ausgerechnet jetzt. Ich versuche, nicht an meine Nase zu denken, was genau den gegenteiligen Effekt hervorruft. Nase. Nase. Nase. Kribbeln. Kribbeln. Kribbeln. Ich kann einfach an nichts anderes mehr denken, als an diese meine, große, rote, juckende Nase. Ich halte es nicht mehr aus und meine rechte Hand schießt unter der Bettdecke nach oben, packt an meine Kribbelnase, um sie nach Herzenslust zu kratzen. Die Erlösung. Ich kratze meinen kribbelnden Riechkolben mindestens eine Minute lang. Welch eine Wohltat. Ein gutes Zeichen. Tote kratzen sich nicht. Mein Kribbelzinken und ich entspannen uns. Vielleicht bin ich doch nicht tot. Ich beschließe, es zu wagen. In Zeitlupe öffne ich mein linkes Auge. Unser Zimmer ist in sonniges Licht getaucht.

Zumindest kann ich auf dem linken Auge noch sehen. Ich öffne mein rechtes Auge. Das ganze Zimmer glänzt in goldenem Schein. Tiefer Friede herrscht in Zimmer 12. Wahrscheinlich bin ich doch tot. Aber es fühlt sich ganz angenehm an. Ich kann mit meinen geöffneten Augen Bombe, Bizeps, Lippe und den Zweistein erkennen, die friedlich in ihren Betten liegen. Wenn ich mich erhebe und ich mich selbst im Bett liegen sehe, bin ich eindeutig tot. Dann bin ich jetzt ein Engel und meine Seele entschwebt auf einer kleinen Wolke gen Himmel. Kommt irgendwie überraschend. Nichts mit Todeskampf und so. Langsam erhebe ich mich aus dem Bett und stelle fest, dass ich nicht schwebe. Es fühlt sich eigentlich an wie immer. Ich drehe mich um und mein Bett ist leer. Heißes Glück strömt durch meinen Körper, als mein Blick auf Lippes Spidermanuhr auf dem Nachtisch fällt.

7.15 Uhr. 7.16 Uhr. Irgendwas läuft komplett falsch hier. Ich bin nun schon 22 Tage hier und immer um 5.45 ist es mit der Ruhe vorbei. Aber so was von vorbei. Vielleicht hat ein Killervirus die Station befallen und ich bin der letzte Überlebende. Bizeps wackelt mit der Nase. Er lebt also auch. Ich muss herausfinden, was hier passiert ist.

Barfuß tapse ich zur Tür, ziehe das Oberteil meines Schlafanzugs über meine Nase – falls der Virus noch hier irgendwo herumschwirrt, man weiß ja nie – und drücke behutsam, ohne ein Geräusch zu machen, die Klinke herunter. In Superzeitlupe öffne ich die Tür. Ein Blick auf den Stationsflur und ich sehe es genau: Da ist nichts zu sehen.

Gott sei Dank liegen keine Leichen im Flur. Aber vielleicht im Schwesternzimmer. Leise quietschend rollt mein Infusionsständer mit mir in die Richtung. Killerviren haben keine Ohren, beruhige ich mich, sie können dich also nicht hören.

Aus dem Schwesternzimmer brummelt mir leises Gemurmel entgegen. Vielleicht Biene, die letzte Überlebende, die mit ihrem Verlobten telefoniert, um ihm unsterbliche Liebe zu schwören, ehe sie dahinscheidet.

Ich bleibe neben der offenen Tür stehen, lausche meinem Herzklopfen, drücke meinen Rücken an die Wand und versuche mit langem Hals einen Blick in das Zimmer zu werfen. Dort stehen Biene, Bohne, Schwester Maria und zwei Polizisten in dicken Lederjacken und mit Pistolen am Gurt. Genauer gesagt einer von ihnen sitzt am Schreibtisch und füllt Formulare aus.

»Was ist denn hier los, wurde einer umgebracht?«, höre ich plötzlich Lippes Stimme hinter mir. Ich erschrecke mich fast zu Tode. Bohne blickt uns ins Gesicht. »Hier werden Menschen gesund, nicht getötet«, erwidert sie mit besserwisserischem Gesicht und nickt so eifrig zur Bestätigung, dass ihr Pferdeschwanz heftig wackelt, wie ihre rosigen Hängebäckchen auch. »Erzähl das mal dem Krankenhauskoch«, entgegnet Lippe gelassen. »Wir haben einen Dieb auf der Station«, reagiert Bohne entrüstet.

»Zum dritten Mal kommen Wertgegenstände auf unerklärliche Weise weg. Freitag fehlten 35 Euro aus Zimmer 19, Dienstag war auf einmal Schwester Hiltruds Handy weg und heute fehlen mir 50 Euro. Womit soll ich denn nachher einkaufen?« Ihre Augen füllen sich mit Tränen. Unsere arme Bohne, sie nervt zwar jeden Morgen, aber das hat sie nicht verdient.

»Habt ihr schon mal Herrn Götter unter die Lupe genommen?«, fragt Lippe die Polizisten.

Die schauen irritiert in das Gesicht von Schwester Maria. »Unser Chefarzt, Prof. Dr. Dr. Specht«, flüstert sie fassungslos. »Genau der, irgendwo muss er ja die ganze Kohle her haben. Habt ihr mal gesehen, was Götter für einen Luxusschlitten reitet«, plaudert Lippe weiter. Die Polizisten gucken immer noch Schwester Maria an.

Sie guckt die Polizisten an.

»Hey, war'n Witz«, Lippe grinst satt und breit. Als er merkt, dass keiner lacht, schüttelt er den Kopf: »Na, dann geh ich mal in mein Zimmer und verstecke die Beute, Herr Kommissar.«

Nun gucken die Polizisten mich an. »Noch ein Witz«, zucke ich mit den Schultern, ehe ich mich auch von den Socken mache.

Lippe wird von Sekunde zu Sekunde stinksaurer. »Krebskranke Kinder beklauen, das ist das Letzte«, schimpft er und knallt die Zimmertür. Die anderen Strahler sind mittlerweile wach und Lippe erzählt ihnen haarklein, was passiert ist. Bombe explodiert fast. So wütend habe ich ihn noch nie erlebt. Wie ein Tiger läuft er im Zimmer auf und ab, ein Tiger mit knallrotem Wutkopf und Frottee-Schlafanzug. »Er ist tot und weiß es nur noch nicht.« »Unser liebes Böhnchen hatte sogar Tränen in den Augen«, schütte ich Benzin in seine glühende Wut. »Du bist so was von tot, Krebs-Kinder-Hilfs-Schwester-Beklau-Dieb, melde dich schon mal beim Einwohnermeldeamt ab.« Bombe schüttelt die Faust und kontrolliert die Geste im Spiegel. Er ist zufrieden mit sich.

Der Zweistein schaltet sich ein. »Lasst uns das mal logisch angehen, Leute. Wir haben 15 Zimmer auf der Station. 50 Kinder. Fünf Schwestern. Zwei Hilfsschwestern. Die Oberschwester. Zwei Zivis. Drei Ärzte. Eine Oberärztin. Einen Chefarzt. Einen Hausmeister. Zwei Handwerker. Drei Leute von der Putzkolonne. Hab ich noch einen vergessen?«

»Brötchen«, streut Bizeps ein.

»Ich glaube, Brötchen können wir außen vor lassen. Warum sollte sie ein Handy klauen, sie kann ja gar nicht reden. Schaltet euren Kopf ein«, der Zweistein holt die kleine Schildkröte aus der Schublade und krault sie am Hals.

Die kleine Zunge kommt aus dem Mund hervor und leckt sich die Lippen. Offensichtlich hat sie Hunger. Das ist ja mal was Neues.

»Fass Brötchen! Fass!« Lippe ist ganz in seinem Element. »Wir sollten Brötchen zur Polizeischildkröte ausbilden. Dann kann sie Witterung aufnehmen, den Dieb stellen und ihn zerfleischen. Fass Brötchen!«

»Ich hab eine Idee – wir stellen dem Dieb eine Falle. Lasst mich mal überlegen«, der Zweistein setzt seine Kopfhörer auf und taucht wieder in sein Gehirn ein. Am späten Vormittag verteilt die Klinik einen kopierten Zettel:

VORSICHT DIEB!
Leider wurde in dieser Woche unsere Station wiederholt das Opfer dreister Diebstähle. Sowohl im Schwestern- zimmer als auch im Zimmer unserer kleinen Patienten wurden Geld und Wertgegenstände entwendet. Bitte achtet darauf, eure Wertsachen einzuschließen. Jeder, der etwas Ungewöhnliches bemerkt, soll dies umgehend dem Pflegepersonal melden.
Haltet die Augen offen!
Gezeichnet Professor Dr. Dr. Specht.
PS: Keine eigenen Aktivitäten. Das ist Sache der Polizei.

Der Zusatz gilt eindeutig uns. Aber unsere Wut ist größer als unser Gehorsam.

Alle Blutddruckwerte auf Zimmer 12 sind heute Morgen deutlich erhöht.

Den ganzen Tag grübelt der Zweistein vor sich hin und heckt einen Plan aus. Dann ruft er die Bande zusammen. »Einer von uns muss den Lockvogel spielen«, weiht er uns in seine genialen Gedanken ein. »Häää?«, wirft Bizeps ein. »Ein Lockvogel. Das reiche krebskranke Kerlchen, das nur so in Schmuck, Handys und Geld schwimmt. Da kann der Dieb bestimmt nicht widerstehen.« Bombe ist Feuer und Flamme: »Er ist so gut wie tot.« Wir nicken anerkennend. Kein schlechter Plan. Aber wie sollte das gehen? »Wir schmeißen alle zusammen, damit einer von uns das Millionärssöhnchen spielen kann.«

Guter Plan.

Die Wahl des Lockvogels fällt auf mich. Schließlich habe ich als Erster bemerkt, dass etwas nicht stimmt und außerdem habe ich den besten Haarschnitt.

Alles was die Jungs an Reichtum haben bekomme ich: Berge von Geld. Insgesamt 32 Euro. Nun bin ich stolzer Besitzer von zwei Armbanduhren, drei Handys, einem iPod shuffle und einem iPod touch, zwei Gameboys, einem Goldkettchen und einer Halskette mit Kreuz. Sicher ist sicher, meint Zweistein, und er ist hier der Schlauste. Also ändert er noch kurz mein Namensschild.

Prinz Henry von Hövelmann. Nun bin ich adelig, von blauem Blut. Ich muss schon sagen, er überlässt aber auch nichts dem Zufall. Die folgenden Tage ist es nun meine vornehmliche Aufgabe, möglichst wohlhabend zu wirken und hochnäsig den Flur auf und ab zu schreiten, während die restlichen Strahler Geschichten über den unermesslichen Reichtum meiner Person und meiner Familie in Umlauf bringen.

Ich bin in Amerika zur Welt gekommen, mein Urgroßvater hat mit Ronald McDonald eine Schnellrestaurantkette gegründet, bevor meine Großmutter einen deutschen Adeligen aus dem Geschlecht der von Hövelmanns geehelicht hat. Eine Familie, die angeblich große Teile des Nibelungenschatzes ihr Eigen nannte. Ich bin ihr einziges Enkelkind und wurde schon bei meiner Geburt mit Gold aufgewogen. Ich spüre, wie von Tag zu Tag, von Stunde zu Stunde der Respekt wächst. Die anderen Kinder der Station tuscheln hinter meinem Rücken. Vermutlich versprühe ich nun den Duft von Reichtum. Während die Schwestern darüber hinwegsehen, sind Mama und Papa schwer irritiert. Mein neuer Glanz ruft verständnisloses Kopfschütteln hervor. Ich muss mit dem Krankenhaus-Psychologen sprechen. Wahrscheinlich haben sie Sorge, Teile meines Gehirns könnten in Mitleidenschaft gezogen sein. Aber die Mission ist wichtiger als verständnisvolle Erwachsene und ich liefere ihnen kein Wort der Erklärung. Nur leider passiert überhaupt nichts. Es ist nun schon fünf Tage her, dass Bohne beklaut wurde, und so langsam lässt hier der Spaßfaktor nach. Die ewige Auf- und Ablauferei in meinem schmuckvollen Lockvogelkostüm macht mich müde, sodass ich immer schon eingeschlafen bin, bevor mein rechtes Ohr die Matratze berührt. Kaum sehe ich mein Kopfkissen, falle ich in einen langen tiefen schwarzen Traum.

»Du bist tot«, kreischt ein startender Jet direkt in mein Ohr. Ich plumpse vor Schreck aus dem Bett auf meinen Ellbogen. Schmerz durchzuckt mich wie ein Blitz.

»Du bist total tot«, höre ich Bombe neben meinem Bett brüllen. Untermalt von dem verzweifelten Schmerzschrei eines schwerverletzten Yetis, der barfuß in eine rostige Fußfalle getreten ist. Bei genauerem Hinhören höre ich jedoch mehr Ähnlichkeiten mit einem Tyrannus Saurus Rex, der in einem unkonzentrierten Moment mitten in die glühende Lava eines Urzeitvulkans gerutscht ist und nun langsam verglüht. Etwas poltert und kracht zu Boden. Flirr springt das Licht des Zimmers an, Spritze steht in der Tür und neben ihr Nick, unser fitnessstudiotrainierter Zivi. Bizeps, Zweistein und Lippe kleben wie versteinert und mit aufgerissenen Augen im Bett.

Ich liege am Boden und sehe Bombe, der sich mit ganzer Kraft an seinen Bademantelgürtel klammert, der an meinen Nachttisch geknotet ist. Ich habe keine Ahnung, was dort schreit wie am Spieß, aber es ähnelt entfernt einem Pfleger in weißem T-Shirt. So allmählich ahne ich, warum er so kreischt. Seine Hand ist in meiner Nachttischschublade gefangen. Bombe hat seinen Bademantelgürtel hinten an die Schublade geknotet und sie zugezogen. Also fast. Bis auf wenige Millimeter. Denn ganz zu geht sie anscheinend nicht. Es ist ja noch die kreischende Hand dazwischen. Auch wenn sie mehr aussieht wie ein überfahrener Igel. Der kräftige Nick stürzt sich auf das schreiende Etwas, Stationsarzt Dr. Jammer springt ihm zu Hilfe. Sie rangeln auf dem Boden und mein Nachttisch fällt um. Zivi Nick ist nicht nur stark, sondern auch ziemlich sauer. Drei Sekunden später hat auch der kreischende Dieb erkannt, er hat verloren, und gibt winselnd auf.

Nick biegt ihm eine Hand auf den Rücken und gibt Schwester Hiltrud den Auftrag, die Polizei zu verständigen, und Bombe das Zeichen, den Gürtel loszulassen. Was Bombe nur sehr widerwillig tut. Dr. Jammer zieht die Schublade vorsichtig auf und der Dieb beginnt zu

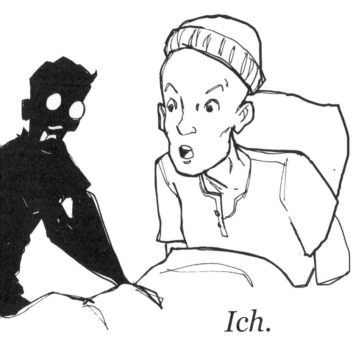

Ich.

Henry. Der einzig Normale hier.
Schriftführer und Ruhepol.

wimmern. Die Hand sieht nicht gut aus. Selbst für einen überfahrenen Igel nicht. Dick und rot und blau und ziemlich gebrochen. Bombe hat ganze Arbeit geleistet. »Das müssen wir röntgen«, erkennt auch Dr. Jammer und Nick, der Zivi, schiebt den Dieb aus dem Zimmer. Mir zittern die Knie. Im Zimmer herrscht bleierne Stille.

»Mein Plan hat funktioniert«, der Zweistein scheint überrascht.

»Er ist so gut wie tot«, sagt Bombe und reibt sich die Hände, die noch Spuren des Bademantelgürtels tragen. Er hat nicht losgelassen, unübersehbar.

»Bombe ist echt ein Kracher«, meint Lippe. Bombe ist Hulk. Bombe ist echt der Chef hier. Er hat für uns gekämpft. Er hat sein Leben und seinen Bademantelgürtel aufs Spiel gesetzt. Er hat kurzen Prozess mit dem Langfinger gemacht. »Ein Held. Der Rächer der Krebskranken und Waisen. Der Schrecken der Station. Lang lebe Bombe!« Die Spannung fällt von uns ab und wir lachen, springen auf unseren Betten herum und klopfen unserem Helden herzhaft auf die Schulter. Was sonst nur in Büchern passiert oder im Fernsehen, ist uns passiert. Ein echtes Abenteuer.

Es ist mittlerweile ein Uhr morgens, aber wir sind viel zu aufgedreht, als dass wir auch nur ein Auge zumachen könnten. Also stehen wir vor der Tür von Zimmer 12 und sehen, wie die Polizei den Langfinger, jetzt in Gestalt eines Jammerlappens, abführt.

Beide Arme sind bis zur Schulter eingegipst. Darum stehen die Arme weit neben dem Körper ab, als hätte ihn

Dr. Götter persönlich ans Kreuz genagelt. So verarztet, wankt er beim Gehen wie ein volltrunkener Pirat. Der Dieb torkelt an uns vorbei, ohne uns in die Augen zu sehen. »War uns ein Vergnügen«, raunt Bizeps ihm zu. »Das nächste Mal bist du tot«, knirscht Bombe. »Komm mal wieder vorbei«, grinst Lippe und klopft ihm aufmunternd auf die Schulter. Hinter ihm kommt Herr Götter, um uns zu gratulieren. Ein Praktikant, Sohn eines Kollegen, ein Junge aus gutem Hause ist unser Dieb – enttäuschend, aber wahr.

Herr Götter nimmt Bombe in den Arm und gemeinsam blicken wir dem Dieb hinterher, wie er mit den flügelgleich abstehenden Armen nicht durch die Tür kommt. Immer wieder rammt er davor. Das muss ziemlich weh tun. Tut es auch, wie nicht zu überhören ist.

»Wieso sind eigentlich beide Arme in Gips, da klemmte doch nur eine Hand in der Schublade?«, denkt Bombe laut. »Eine Art medizinische Diebstahlsicherung. Habe ich erfunden.« Herr Götter reibt sich seine beiden gesunden Hände voller Freude, ist sichtlich zufrieden mit sich und uns und der Welt, während er in aller Seelenruhe, pfeifend zurück zum Arztzimmer schlendert.

Wenn ich groß bin, will ich auch Arzt werden.

Prinzessin Tausendschön.

Die nächste Woche ist ziemlich anstrengend. Ich habe zwei Bestrahlungen, die mich immer schwer außer Gefecht setzen. Mein Blutdruck ist im Keller und kommt nicht mal bis ins Erdgeschoss. Die Presse ist da und fotografiert uns und vor allem Bombe. Er wird sogar von einem Radiosender angerufen und gibt ein lässiges Interview. Bombe erklärt, dass der Dieb ziemlich Glück gehabt hat: Wenn unser Zivi Nick sich nicht dazwischen geworfen hätte, wäre der Dieb jetzt so gut wie tot.

Wir heften alle Zeitungsausschnitte ans schwarze Brett der Station, mittendrin der Brief vom Bürgermeister, in dem er Bombe und uns Strahlern »Zivilcourage« bescheinigt, was irgendwie so was sein muss wie Mut und gut.

Wir sind berühmt und ich übe schon mal meine Unterschrift, falls mich in naher Zukunft jemand um ein Autogramm bittet. Man weiß ja nie. Zum Ende der Woche ist es dann wieder ruhiger und mein Blutdruck ist wieder im normalen Bereich. Was für allgemeine Entspannung sorgt.

Heute ist Freitag. Auf dem Flur klingt es wie auf einem marokkanischen Markt auf dem alle Verkäufer schlechte Laune haben. Lautes Gezeter, ich kann aber kein Wort verstehen. Bombe, der noch in seinem Heldenmodus ist, springt sogleich aus seinen Federn, öffnet die Tür, um im

Glanze seines Ruhmes mit einem kurzen »RUHE oder ihr seid tot« die Ordnung wiederherzustellen, aber er sagt nichts. Keinen Ton. »Bombe, alles in Ordnung?«, fragt der Zweistein. »Was gibt es denn da zu sehen, einen Alien mit Keuchhusten?«, gibt Lippe zum Besten. »So ähnlich«, starrt Bombe in den Flur. Wir können nicht länger widerstehen und müssen mit eigenen Augen sehen, was Bombe in diese Salzsäule verwandelt. Es muss schlimm sein, schließlich hat Bombe schon so einiges in seinem Leben gesehen, ohne jemals mit der Wimper zu zucken. Wir werfen einen Blick in den Flur, der überfüllt ist von einer indischen Familie, in langen flatternden Hemden, mit Sandalen an den Füßen und Plastiktüten in den Händen. Der Flur riecht nach asiatischen Gewürzen, Curry, wie ich später erfahre. Es wirkt, als sei ein indisches Dorf mittlerer Größe in den Flur eingefallen und feilscht um den Preis für die Dorfschönste. Jeder keift mit und gegen jeden. Ein Schauspiel wie aus einer anderen Welt. Ein Mann trägt ein Kaninchen auf dem Arm. Wir sind nachhaltig beeindruckt. Dann trifft mein Blick sie und ihr Blick trifft mich: das schönste kleine Mädchen, das ich je in meinem kleinen Leben gesehen habe, inklusive Kino, RTL und Bravo. Ein Meer aus samtweichen Haaren in der Farbe von biologisch angebautem Ebenholz umrahmt ihre strahlenden kiwigrünen Funkelaugen. Selbst Schneewittchen, die bekanntermaßen nicht von schlechten Eltern ist, sieht dagegen aus wie ein zerrupftes Huhn. Die indische Elfe ist ziemlich klein und ziemlich dünn. In einem weißen Kleidchen, das

Blumipol.
Die hübschere Schwester von Schneewitchen.
Redet kein Wort, ist aber ein Mädchen.

bis zum Boden reicht, und mit nackten Füßen in Flip-Flops steht sie in diesem unglaublichen Chaos, als sei sie einem Märchen aus 1001 Nacht entstiegen. Sie ist die Einzige, die nicht schreit. Eigentlich macht sie gar nichts. Bambi inmitten einer aufgescheuchten Affenherde.

Herr Götter kommt den Gang herunter, begrüßt das versammelte Dorf sowie die Prinzessin und verschwindet eine Minute später mit dem ganzen Volksstamm in Richtung Arztzimmer. Umgehend kehrt wohltuende Ruhe ein. Wir bleiben vor der Tür stehen und versuchen zu verstehen, was hier gerade passiert ist. Lippe findet als Erster die Sprache wieder. Wie immer. »Vielleicht bietet Sieben Schmerzen Mariens jetzt auch indische Wunderheilungen nach jahrtausendealter Tradition an und das ist der neue Oberarzt mit seiner engsten Familie«, schlägt er vor.

Bizeps flüstert: »Ich habe einen Engel gesehen.«

»Können Engel eigentlich ansteckend sein? Weiß Gott, was sie hat«, denkt Bombe laut. »Engel sind nach der Meinung der christlichen Lehre Gesandte Gottes. Warum soll Gott einen kranken Gesandten schicken?«, der Zweistein ist skeptisch. »Wir sind schließlich ein Krankenhaus.«

»Aber auf mich wirkte sie wie eine Prinzessin«, werfe ich mal zur Abwechslung ein. »Hast du gesehen, wie der Rest ihres Palastes wirkte, Fürsten laufen nicht mit Plastikeinkaufstüten und einem nervösen Karnickel unter dem Arm durch Krankenhäuser.« Da hat Zweistein auch wieder recht.

Wir beschließen, dass Bizeps sich schlau machen soll, was es denn nun mit diesem zauberhaften Wesen auf sich hat. Sie wirkt verletzlich wie eine Seifenblase. Es ist so was von klar – wir werden sie beschützen. Wir sind die Strahler, die Beschützer der Kranken und Waisen. Die jungen Träger des seltenen Bürgermeisterordens für nachweisliche Zivilcourage.

Bizeps ist bestens verdrahtet im Krankenhaus. Drei Stunden später wissen wir alles über die Prinzessin. Sie kommt gar nicht aus Indien, sondern aus Sri Lanka. Genauer gesagt aus Ratuapura in der Provinz Sabaragamuma. Ihre Familie ist erst vor wenigen Monaten aus der Armut dort geflüchtet und mit allem Hab und Gut, was offensichtlich nicht so viel ist, zu ihrem Onkel geflohen, der im Nachbarort seit zwei Jahren sein Geld als Tankwart verdient und der Einzige ist, der ein paar Brocken unserer Sprache versteht. Ihre Eltern sind ums Leben gekommen, als sie noch ein Baby war. Sie hat kein Geld, keine feste Bleibe und vor allem keine Krankenversicherung. Prinzessin Feengestalt heißt laut Krankenakte Chandika Siliidi Blumipol Wickremanayak und ist mit Verdacht auf Leukämie, wie Fachleute den Blutkrebs nennen, zu uns ins Krankenhaus eingeliefert worden.

Herr Götter hat sich bereit erklärt, sie kostenlos zu untersuchen.

Sie ist 8199 Kilometer und 226 Meter weit weg von zu Hause, rechnet der Zweistein sich und uns vor. Kein Wunder, dass sie sich verloren fühlt. »Wir sollten ihr einen

Willkommensbesuch abstatten, damit sie weiß, dass sie unter dem besonderen Schutz der glanzvollen Strahler steht«, meint Bombe, der Chef, und er hat so was von recht.

Es kommt nicht wirklich oft vor, dass der Zweistein, Lippe, Bizeps, Bombe und ich uns herausputzen wie Filmstars, aber heute ist so ein Tag. Wir polieren die Zähne. Jeder trägt seinen besten Schlafanzug am Körper und einen rasiermesserscharfen Mittelscheitel auf dem Kopf. Zumindest die, die noch Haare haben. Bombe hat sogar ein Paar Tropfen Rasierwasser seines großen Bruders aufgelegt. Wir machen wirklich was her. Selbst Brötchens Panzer haben wir mit Pfirsich-Körperlotion hochglänzend poliert. Zweistein will eigentlich »Herzlich Willkommen« auf Singhalesisch sagen, findet aber nur das Wort Frieden, das *saa ma ya* oder so ähnlich heißt. Also malen wir eben das auf ein Schild. Dann werfen wir all unsere Süßigkeiten zusammen und stopfen diesen Berg in einen Socken. »Die erste Socke der Welt, die locker 5000 Kalorien hat und von der man Karies kriegt«, tönt Bizeps und schreitet voran.

Die Prinzessin liegt zwei Zimmer neben uns: Zimmer 10. Wir klopfen vorsichtig. Nichts. Keine Antwort. Also öffnen wir die Tür einen Spalt und lassen Brötchen in das Zimmer kriechen. Bombe deckt uns den Rücken, nicht dass eine der Schwestern unsere Tiershow hier mitbekommt.

Brötchen ist neugierig, hungrig und wieselflink wie immer. Mit zuckender kleiner Zunge und langem neugierigen Schildkrötenhals robbt sie sich durchs Zimmer. Wir beobachten durch den Türspalt was passiert. Es dauert nicht lange, da kommen platschend zwei braune Füßchen ins Bild und die Prinzessin kniet sich neben Brötchen, um sie unter dem Hals zu kraulen. Sie kennt sich mit Kröten aus, das muss man ihr lassen. Brötchen genießt es von Herzen. Die einzige Schildkröte, die diesen berühmten Dackelblick beherrscht. Sie schließt die Augen und grinst breit. Die Prinzessin hebt den Kopf und sieht uns Kopf über Kopf über Kopf über Kopf über Kopf durch den Türspalt gucken. Sie lächelt und leuchtet wie Buddha persönlich. Sie trägt immer noch das weiße Kleidchen und ist ganz allein im Zimmer. Bombe schiebt die Tür auf und Bizeps, Lippe, den Zweistein und mich hinein.

So stehen wir nun wortlos vor ihr – die großen, berühmten, unerschrockenen, aus Zeitung und Radio bekannten Strahler – und bekommen keinen Ton heraus. Selbst Lippe mit seiner dicken Lippe ist das Schweigen im Walde.

Bizeps streckt Prinzessin Blumipol Dingensdabumsda die Socke entgegen. Überraschung spiegelt sich in ihrem Blick. Sie greift die Socke und schaut hinein. In der Socke herrscht tiefste Nacht. Da sie nichts erkennen kann, langt sie mit Todesverachtung und spitzen Fingern vorsichtig hinein und zieht ein Bonbon hervor. Ihre Kiwiaugen strahlen. Sie blickt uns ins Gesicht und ohne eine Miene zu verziehen dreht sie den Socken um. Ein Berg voller Leckereien plumpst auf die weiße Bettdecke: Das Büffet ist eröffnet. Wir setzen uns zu ihr aufs Bett und sehen wie fünf Schokobons auf einmal in ihrem Mund verschwinden. Blumipol will, dass wir uns bedienen, doch jeder weist es heldenhaft ab. Selbst Brötchen verzichtet – was sonst gar nicht ihre Art ist. Aber geschenkt ist geschenkt. Zweistein kommt nun mit seinem Schild um die Ecke. Die Prinzessin ist glücklich, und glücklich ist sie noch tausendmal schöner.

Zwanzig Süßigkeiten später ist es ist schon kurz vor fünf. Abendbrotzeit. Wir müssen uns vom Acker machen. Nur wie sollen wir ihr das erklären? Sie spricht kein Wort. Selbst der Zweistein war in Sri Lankanisch, das in grammatikalisch akzeptabler Form ja Singhalesisch heißt, eher schwach auf der Brust. Wir versuchen es mit darstellender Kunst. Bizeps geht voraus, macht den Moonwalk, der zeigt: Wir müssen zurück in unser Zimmer. Ich bin dran. Wie stelle ich pantomimisch ein Leberwurstbrot dar? Schlafenszeit ist das Thema von Bombe. Er schließt demonstrativ die Augen, um laut und fröhlich zu schnarchen. Die Prinzessin hat es sofort verstanden. Haben wir gedacht. Sie legt sich hin und macht die Augen zu. Wie Bombe. Doch als wir aufstehen, um zu gehen, schießen ihr die Tränen in die Augen und mitten in unser Herz.

»Pass auf Prinzessin, der Wachhund hier bleibt heute Nacht bei dir. Gib ihn mir zurück, wann immer du willst. Dann bist du nicht alleine«, sagt Zweistein und hebt Brötchen auf das Kopfkissen der Prinzessin. Wir erkennen unseren Zweistein nicht mehr – er verleiht sein heiliges Brötchen. Vielleicht sollten wir ihn umbenennen in Sankt Martin.

Aber eins muss man Zweistein lassen: Es wirkt. Unsere Prinzessin fühlt sich wie die Königin.

Die Strahler.

Auch im Frottee-Schlafanzug kann man ein Held sein.
Lippe. Ich. Bombe. Zweistein und Bizeps.

Liebesgrüße aus Pinnawala.

Irgendwann in dieser Nacht geht die Tür leise auf und kleine Füße tippeln durch das Zimmer. Die Prinzessin ist zu Besuch gekommen. Sie tippt Bizeps auf die Schulter. Müde öffnet er seine Augen und blickt verwundert in das kleine Gesicht und die kugelrunden großen Augen der neuen Patientin.

In ihrem Zimmer hat sie Angst so alleine. Da hat sie sich ausgerechnet den Kraftvollsten von uns ausgesucht, sie zu beschützen: Bizeps, die Salzstange. Sie schiebt ihn zur Seite, legt sich kommentarlos in sein Bett, kuschelt sich an ihn und will, dass er seinen Arm beschützend über sie legt. Obwohl seine Ärmchen nicht viel muskulöser als ihre sind, kommt sich Bizeps mit einem Mal stark vor. Endlich ist er mal der große Bruder. Was auch komme, er wird sie beschützen, selbst wenn er es mit Schwester Spritze auf-nehmen muss, was nun wirklich eine beängstigende Vor-stellung ist.

Als Biene und Bohne pünktlich um 5.45 Uhr mit teil-nahmslosem Gesicht und 5000 Watt unser Zimmer mit Licht fluten, ist die Prinzessin weg. Bizeps ist nicht sicher, ob er nicht alles nur geträumt hat. Wenn er seine Nase tief in das Kissen drückt, meint er den Prinzessinenduft riechen zu können. Obwohl er sonst als richtiger Junge nichts mit Mädchenkram am Hut hat, findet er, es riecht gar nicht mal so schlecht.

Das Frühstück ist heute zur Abwechslung mal Pappe mit Erdbeermarmelade, was man allerdings nur an dem Bild auf der Dose und nicht etwa am Geschmack erkennen kann.

»An welcher Krankheit leidet der Koch eigentlich? Massiver Geschmacksverlust im finalen Stadium? Kann man nicht mal dafür einen Wirkstoff erfinden? Oder zumindest ihn und uns alle von seinem Leiden erlösen?« Bombe ist gut drauf. Wie sein Blutdruck heute Morgen auch. Alles im optimalen Bereich.

Ganz im Gegensatz zu Oberschwester Spritze, die seine Bemerkung überhört und ihm kommentarlos den Teller wegnimmt und mit einem lauten Scheppern auf den Servierwagen fallen lässt. Was ist mit ihr denn los? Sie war ja noch nie ein Ausbund an Fröhlichkeit, aber in den letzten Tagen sieht sie aus wie eine Gewitterwolke mit Übergewicht und strengem Zopf.

Lippe will gerade ansetzen, um einen seiner meist schlechten Witze zu reißen, aber ein Blick in Spritzes Gesicht und sein köstlicher Witz, der ihm kribbelnd auf der Zunge liegt, zerplatzt wie eine Seifenblase, noch bevor er Lippes Lippen verlassen kann. Hier ist jedes Wort ein Wort zuviel.

Als das Frühstück abgeräumt ist, ergreift Lippe das Wort: »Kann mir einer mal erklären, was mit Spritze los ist? Sie ist die reinste Giftspritze geworden.«

»Ihr fehlen Liebe und Zuneigung«, schaltet sich der Zweistein ein.

»Vielleicht sollte sie sich bei Bauer sucht Frau bewerben.«
Lippe ist schon wieder einem Witz auf der Spur.

»Wie meinst du das?«, wirft Bombe ein.

»Spritze ist ja auch nicht mehr die Jüngste.«

»Hey, der Witz war auch gut«, kommt es aus Lippes Ecke.

»Sie ist über dreißig, hat keinen Mann, so weit ich weiß.«

»Das wäre auch kein Mann, das wäre ein Wahnsinniger«,
Lippe ist nicht zu bremsen.

»Sie sehnt sich einfach danach, dass jemand ihr auch mal
was Liebes sagt«, erklärt der Zweistein.

»Und was soll das bringen?«, schaltet sich Bizeps nun ein.

»Mensch, Leute. Aus psychologischer Sicht ganz einfach.
Wenn Spritze mehr Bestätigung bekommt, sich geliebt
fühlt, ändert sich ihr Selbstwertgefühl. Ihr Körper schüttet
vermehrt Endorphine aus. Als würde sie in einem See von
Glückshormonen baden. Schon sieht sie die Welt durch
eine rosarote Brille.«

Nicht, dass wir irgendetwas verstanden hätten, was der
Zweistein auch unseren Gesichtern deutlich ansieht. »Geht
es ihr gut, geht es uns gut. So einfach.«

»Warum hast du das denn nicht gleich gesagt, da lässt
sich doch was machen. Machen wir sie zur glücklichsten
Spritze der Welt.« Bombe ist Feuer und Flamme.

»Wie soll das denn gehen?«, schmeiße ich meine Skepsis
in die Runde.

»Hey Leute, wir sind die Strahler, uns fällt immer was
ein.« Bombe ist sich unserer Sache ganz sicher. »Jeder von
uns denkt nach und heute Abend entscheiden wir, was die

beste Spritze-im-Glück-Idee ist.« Spritze keift auf dem Flur. Es ist unüberhörbar höchste Zeit.

In diesem Moment öffnet sich die Tür und die Prinzessin schwebt herein.

Die Prinzessin redet immer noch nicht. Kein Wort. Wahrscheinlich ist sie seit Geburt stumm.

Eine Form von Mutismus wie Herr Götter, der Fachmann, vermutet. Sie setzt sich ohne einen Ton auf mein Bett und beginnt, bunte Kreise auf ein Stück Papier zu malen. Ein Mandala – wie unser allwissender Zweistein mich erleuchtet.

Eine halbe Stunde später rauscht eine Welle menschlichen Geschnatters auf uns zu. Die Woge schwillt an, wird lauter und lauter und schwappt mitten in unser Zimmer in unsere Ohren. Ihre Familie, ihr Clan, ihr Dorf oder ihr ganzes Land, ich kann es nicht so genau überblicken, ist wieder da, um sie zu besuchen. Zwischen Lungenfunktionstest und Blutabnehmen zermartere ich mir das Hirn, wie wir unserer Spritze auf die Liebessprünge helfen können. Mir fällt nichts ein. Ich sehe, dass es den anderen Strahlern ebenso geht. Leere Gesichter vor leeren Köpfen.

Mein Blutdruck steigt.

Am Abend im Bett, im dunklen Zimmer, diskutieren wir unsere Ideen, die Trauerspritze zur glücklichen Schwester zu machen: Mokkapralinen, ein Gedicht, keine Witze mehr von Lippe, eine Kennenlernanzeige ans Schwarze Brett hängen. Auch Psychopharmaka, um sie unter Drogen zu setzen, wären eine Alternative. Irgendwie ist aber nicht das

Richtige dabei. Wir vertagen uns auf morgen. Erst mal eine Nacht drüber schlafen.

Flirr.

Pünktlich am nächsten Morgen fluten das Stadionlicht und Oberschwester Spritze wieder unser Zimmer. Ihre schlechte Laune hat sie der guten Ordnung halber direkt gleich mitgebracht. »Wer bei drei nicht aus dem Bett ist, kommt direkt mit zur Ohrenspülung«, kommandiert sie uns aus dem Bett.

Heute läuft nichts mit nicht wach werden und im Stehen weiterschlafen.

Mehr Lärm und schlechte Laune kann man kurz vor sechs Uhr morgens gar nicht verbreiten. Das hier ist nicht unser Krankenhaus. Das hier ist die Hölle. Uns muss umgehend was einfallen.

Da segelt beim Bettenmachen in aller Seelenruhe das Mandala der Prinzessin aus Bizeps Bett.

Bizeps hebt es auf und überreicht es der schnaufenden Oberschwester. »Hier, Oberschwester Hiltrud.«

»Was soll das sein?«, kommentiert sie skeptisch, während die Bettdecke weiter durch den Raum wedelt. Bizeps erklärt: »Das ist was Besonderes von – ähhhh Blumipol.«

»Onkel, von Blumipols Onkel«, fällt ihm geistesgegenwärtig Bombe ins Wort. Spritze zieht die linke Augenbraue in die Höhe, ein Zeichen, dass sie das jetzt sehr kritisch sieht. Aber immerhin, wir haben ihre volle Aufmerksamkeit. Jetzt kommt es auf jedes Wort an. »Ja, ihr attraktiver Onkel war hier und hat uns gebeten, es Ihnen zu überreichen«, lässt Bombe seiner Fantasie freien Lauf. »Und warum sollte er das tun, deiner Meinung nach?« Spritze ist weder leichtgläubig noch einfältig, ein echt harter Brocken.

»In Sri Lanka ist es ein Zeichen persönlicher Wertschätzung und Zuneigung.« Wir staunen, was Bombe da so aus dem Hut zaubert. »Und was ist ›es‹ deiner Meinung nach?« Spritze hat Lunte gerochen, irgendwas stinkt hier nach Lüge, jetzt wird es eng.

Der Zweistein springt Bombe zur Seite: »Es ist ein altes orientalisches Muster, ein Mandala, in dem jedes Muster seit Generationen seine einzigartige Bedeutung hat. Diese Farbe zum Beispiel steht für attraktives Äußeres. Gelb steht für leuchtendes Wesen. Grün für ein gutes Herz.«

Wir können förmlich sehen, wie Oberschwester Spritze harter Panzer schmilzt wie ein Vanilleeis unter einem Schweißbrenner.

»Lila steht für wohlgenährte Figur.« Lippe wird noch alles kaputt machen.

Doch Spritze entdeckt gerade Blumipols Buchstaben in Sri Lankanisch auf dem Mandala.

»Wisst ihr auch, was das bedeutet?« Spritze hängt am Haken.

Der Zweistein nimmt das Bild, hält es vor das Licht und erläutert mit wissenschaftlichem Tonfall, der wie eine Nebenhöhlenentzündung klingt: »Es bedeutet im übertragenen Sinne: Ich werde erst wieder ein glücklicher Mann sein, wenn dieses zauberhafte Wesen mir ein Lächeln geschenkt hat. Gezeichnet Onkel von Blumipol.«

Wo hat Zweistein innerhalb von zwei Tagen fließend Singhalesisch gelernt? Auch wir sind beeindruckt.

Schwester Hiltrud nimmt das Mandala wieder an sich, fährt sich madonnengleich durch die Haare und lächelt. Sie lächelt. Ich meine – sie lächelt. Wir sind Zeugen einer spontanen Wunderheilung. »Und wie sieht er aus, dieser Onkel?«, kann sich Spritze die Frage nicht verkneifen.

»Der schönste Onkel, den Blumipols Familie je in die Welt gesetzt hat. Gerade gewachsen, die feinen Nasenflügel eines Adeligen und die Aura eines englischen Gentleman. Aber mit deutlich gesünderer Hautfarbe. Ich glaube, er war sogar mal Schauspieler.« Bombe hat heute wirklich einen guten Tag. Spritzes Gesicht strahlt wie schon seit Wochen nicht mehr.

»Dann will ich doch mal sehen, ob ich meinen Dienst tauschen kann, damit ich zur Besuchszeit wieder da bin, um mich bei meinem Verehrer für dieses wundervolle Geschenk zu bedanken. Ganz persönlich«, säuselt Hiltrud, während sie auf Wolke Sieben aus unserem Zimmer schwebt. Katastrophe. An so was hat natürlich keiner von uns gedacht. Spätestens morgen wird alles auffliegen. Uns bleiben nur wenige Stunden. Wir zermartern uns die Köpfe, um aus dieser teuflischen Situation zu kommen, ohne dass Spritze unsere Lügengeschichte entdeckt. Wir wollen der Prinzessin die verfahrene Situation erklären, indem wir Strichmännchen auf Papier kritzeln. Sie kichert und versteht nichts.

Der nächste Morgen kommt und mit ihm flattert eine fröhlich flötende Spritze in unser Zimmer, um uns zu

Liebe.

Nichts in diesem Universum ist peinlicher,
als eine verknallte Oberschwester.

wecken. Die weiße Gewitterwolke ist über Nacht zum Sonnenschein geworden. Eine flötende Sonne mit Lippenstift. Ferrarirotem Feuerwehrauto-Lipgloss. Selbst Biene und Bohne haben ihre Oberschwester in den drei Jahren ihrer Ausbildung noch nie mit bemaltem Mund gesehen.

Ein unübersehbares Zeichen: Spritze hat unseren Köder geschluckt und hängt hungrig am Haken. Wir sind in Gefahr. Wir brauchen die beste Idee des Jahrtausends, wenn wir am Leben bleiben wollen.

Die Sprache der Liebe.

Wir versuchen uns von Tag zu Tag zu retten. Die Prinzessin malt Mandalas und der Zweistein erfindet die schönsten Geschichten dazu. Spritze hängt an seinen Lippen. Selbst wir sind verblüfft über seine romantische Vorstellungskraft. Er erzählt von dem zarten Morgenlicht, der Verbundenheit gleich schlagender Herzen, von roten Lippen (das stachelt die nur noch mehr an), die poetische Gedanken hervorlocken, und Sehnsucht über Kontinente hinweg. Oberschwester Hiltrud kann sich daran nicht satt hören. Bis zu 24 Mal am Tag kommt sie in unser Zimmer, um uns noch ein kleines Detail zu entlocken, die süßen Worte noch einmal zu hören, in dem süßen Charme der Schmeicheleien zu baden.

Sie ist sichtlich aufgeblüht, hat blendende Laune und wir sind ihre Lieblinge. Die Weckzeit hat sich auf 6.15 Uhr verschoben. Wir werden nun als letztes Zimmer der Station geweckt, auch wenn es unpraktisch ist und den Ablauf der Station durcheinanderbringt, was uns Biene und Bohne jeden Tag aufs Butterbrot schmieren. Bis hierher ist unser Plan aufgegangen.

Spritze schwebt im siebten Himmel. Sie hat einen Verehrer. Einen indischen Prinzen, auch wenn wir das nie gesagt haben. Ein hochgewachsener Ehrenmann aus adeligem Hause, mit untadeligem Verhalten, der sie aus der Ferne anbetet und dessen anerzogene Zurückhaltung ihm verboten hat, sich ihr zu offenbaren. Spritze ist auf einer Mission: herauszufinden, wer dieser Traumprinz ist. Zum Glück kann die Prinzessin kein einziges Wort reden. Sie schweigt. Tja, und wir wissen es ja schließlich nicht, erklären wir der liebestollen Krankenschwester. Jeden Tag.

Seit einer Woche kommt Oberschwester Hiltrud nun also wie zufällig noch einmal nachmittags vorbei. Mal hat sie ihre Handtasche im Schwesternzimmer vergessen, mal muss sie dem Nachmittagsdienst noch eine Anweisung geben, mal will sie nur noch mal was nachsehen. Unsere Spritze ist vergesslich geworden. Fördert die massive Ausschüttung von Liebeshormonen den Abbau von Gehirnmasse? Zufällig fallen diese Kontrollgänge in die Besuchszeit des Volksstamms. Der ganze Flur ist asiatisches Hoheitsgebiet. Ein gutes Dutzend Männer jeden Alters steht, sitzt, lümmelt sich auf dem Flur, während die Frauen und Kinder im Zimmer der Prinzessin verschwinden. Im schönsten Tulpenkleid, eine farbenfrohe Stola um die Schultern geworfen, die Handtasche keck über ihren rechten Arm gehängt und mit hoch erhobenem Haupt schreitet die zukünftige Königin Hiltrud von Spritze den Gang entlang. Soll ihr Verehrer ruhig sehen, dass Grazie und Würde für sie keine Fremdworte sind. So schreitet sie denn nachmittags ein, zwei oder bis zu sieben Mal den langen Flur auf und ab, versucht, die Blicke der fremden Männerwelt auf sich zu ziehen und aus dem Augenwinkel zu erhaschen, welcher der Herren nervös wird, sobald sie sich nähert. Daran wird sie ihren Prinzen erkennen.

Leider interessiert sich die Männertruppe aber mehr für Fußball, den Job, den Gesundheitszustand von Blumipol und die politische Situation in ihrer Heimat als für ihr Tulpenkleid.

Spritze kann keinen nervösen Prinzen identifizieren. Sie bewundert seine Beherrschtheit. Wer ihren Reizen so mannhaft widersteht, muss wahrhaft eine strenge Erziehung genossen haben und große innere Kraft besitzen. Das stachelt sie nur weiter an.

Ihr Nachtdienst beginnt um 18 Uhr. Um 18.01 Uhr steht sie in ihrer Schwesterntracht wieder in unserem Zimmer. »Schwester Hiltrud, es ist eine Minute nach sechs. Wir hatten Sorge, Ihnen ist etwas passiert. Wo waren Sie so lange?«, empfängt Lippe sie mit einem Guten-Abend-Spruch. Sie geht mit keinem Wort darauf ein, sondern steuert schnurstracks auf Zweistein zu. »Und?« Ihre Lippen beben in freudiger Erwartung. »Und was?« Der Zweistein liest in seinem Buch *Die letzten Geheimnisse unseres Planeten* und blickt nicht einmal auf. Er lässt sie schmoren. Und Spritze schmort.

»Wie war euer Tag so? Hat unsere Kleine heute Besuch gehabt?« Spritze streichelt der Prinzessin über den Kopf, die auf Bizeps Bett sitzt und malt. »Glaub schon.« Zweistein lässt sich nicht erweichen. »Habt ihr einen besonderen Wunsch für heute? Irgendetwas, das ich für euch tun kann?«, flötet die Oberschwester honigsüß. Uns fallen die Hefte und Gameboys und Nintendos aus der Hand. Stopp. Hat Spritze das wirklich gesagt? Sie muss ja vor Sehnsucht vergehen. »Schokoladenpudding«, bringt Bombe es auf den Punkt. »Da schaue ich doch mal, was ich machen kann. Schließlich bin ich ja die Oberschwester.« Spritze sucht mit ihren Augen das Zimmer ab. Wo ist die neue Nachricht? Das Zeichen süßer Zuneigung?

»Prima!« Ein Wort reicht Zweistein. Spritze bewegt sich nicht weg. Keinen Millimeter. Wie einzementiert steht sie vor seinem Bett, den Blick an ihn geschraubt. Ich zähle die Sekunden. Eins. Zwei. Drei. Vier. Fünf. Der Zweistein ist schwer in Form. Sechs. Sieben. Acht. »Ach ja, Prinzessin, da war doch noch was. Hatten wir nicht noch eine Nachricht von deinem Onkel, dem Großwesir von Kosa Mao?« Die Prinzessin öffnet ihr Malbuch und nimmt ein neues Mandala, das sie in der Mitte gepresst hat, heraus. Spritze kann kaum erwarten es in ihren fleißigen Händen zu halten. Mit zitternden Fingern öffnet sie es. »Oh.«

Die Prinzessin hat sich selbst übertroffen, ein kunterbuntes Blütenmeer.

»Haben wir vielleicht eine Ahnung, was die Botschaft dieses Bildes ist, mein lieber Alexander?« Verknallte Oberschwestern sind echt peinlich.

»Es bedeutet so etwas wie: Keine Blume der Welt kann es in Schönheit mit der Blume meines Herzens aufnehmen. Sie lässt meine Seele erblühen und taucht mein Glück in ein ewiges Meer aus tausend zarten Knospen.« Spritze ist der Ohnmacht nahe. Sie drückt das Bildnis an ihr

pochendes Herz. Eine kleine Träne rollt aus dem Augenwinkel. So glücklich ist sie. So etwas hat noch nie jemand zu
ihr gesagt. Sie greift in ihren Kittel und schreibt sich den
Satz Wort für Wort auf. Sie wird ihn sich einrahmen. Für
immer und alle Zeiten. In einer Woge von Seligkeit schwebt
sie aus dem Zimmer.

»Woher fällt dir immer so ein Scheiß ein?«, entfährt es
Bombe.

»Keine Ahnung, kommt einfach so«, ist Zweisteins
logische Antwort.

»Wahrscheinlich bist du ein wiedergeborener Schlager-
sänger und weißt es nur noch nicht.« Lippe ist das also
auch nicht geheuer.

Auf jeden Fall ist dies eine der besten Therapien unseres
Lebens. Spritze lässt ihre ganze Macht spielen und treibt
eine Riesenschüssel Schokoladenpudding auf. Jeder von
uns verputzt mindestens drei Portionen. Selbst die Prinzessin verdrückt zwei.

Als an diesem Abend das Licht ausgeht, liegen wir trie-
fend vor Zufriedenheit mit prallen Schokoladenbäuchen
im Bett und geben uns der Erschöpfung hin. Uns ist zwar
ein bisschen schlecht, aber das ist es wert.

Spritze sitzt die ganze Nacht in ihrem Schwesternzimmer
und liest den Zettel wieder und wieder. Wir haben es
geschafft. Sie ist die glücklichste Spritze der Welt.

Segen.

Eine verknallte Oberschwester,
die dich täglich mit Schoko-Pudding versorgt.

Ein Wunder.

Auch wenn sie nicht sprechen kann, oder gerade deswegen, ist die zarte Prinzessin uns fest ans Herz gewachsen. Nacht für Nacht kommt sie leise in unser Zimmer getippelt und kuschelt sich an ihren großen Bruder Bizeps, die Salzstange. Sie gehört einfach dazu und ist so etwas wie das ausgleichende Element unserer Männer-WG. Zweistein meint, sie wäre der Beweis für die Wirksamkeit des Ying und Yang. Was immer das auch ist. Er hat es mir dreimal erklärt. Ich habe es nicht kapiert. Auf jeden Fall ist die Prinzessin ein Teil von uns – nur schöner. Es hat sich herausgestellt, dass sie tatsächlich an Leukämie erkrankt ist. Es gibt hundert verschiedene Arten davon. Die Leukämie der Prinzessin hat durchaus gute Heilungschancen. Außerdem ist ihr Blutdruck super. Nichtsdestotrotz hat sich Herr Götter vor drei Wochen zu einer Chemotherapie für die Prinzessin durchgerungen. Jetzt steht sie mitten in unserem Zimmer und hat ein Büschel Haare in der Hand.

»Willkommen im Club. Das ist voll normal«, sagt Bombe, der sich ja nun wirklich damit auskennt, während er über seinen kahlen Bombenkopf streichelt.

Die Prinzessin wirkt eher verblüfft als erschreckt.

»Mein Tipp: schipp-schnapp ab, dann hast du's hinter dir und musst nicht jeden Tag deine Haare überall aufsammeln. Außerdem habe ich die begnadeten Hände eines Starfriseurs. Du hast Glück: Bombes Glatzenstudio ist eröffnet«, Bombe ist vollkommen Herr der Lage.

»Jetzt wird aus Blumipol Prinzessin Buddha. Willkommen im Friseursalon des himmlischen Friedens«, eröffnet Bizeps die Show und wirbelt seinen Besucherstuhl mitten ins Zimmer.

Die Prinzessin nimmt Platz. Jeder von uns wickelt sich in seine Bettdecke. Schon sehen wir aus wie echte tibetanische Friseurmönche. Lippe kramt seine große Bastelschere aus der Schublade.

Blumipol schaut uns erwartungsvoll mit großen Augen an. In guter asiatischer Tradition schreiten wir in einträchtiger Formation durch das Zimmer. Mit eintönigem »Om, om, om« bereiten wir uns auf die Zeremonie vor. Wir reihen uns vor der Prinzessin auf, falten unsere Hände vor der Brust und verbeugen uns vor ihr. Als Zeichen ihrer Verbundenheit legt sie ihre Hand auf unsere gesenkten Häupter. Möge die Zeremonie beginnen.

Wir brauchen keine zehn Minuten, um aus Blumipol die erste Buddhine der Welt zu erschaffen. Die jüngere Schwester von Buddha. Mit ratzeputzkurzen Haaren. Sie wirkt ein bisschen wie Bombes kleine, deutlich attraktivere Cousine.

Wir sind beeindruckt. Was wird wohl Blumipol sagen? Sie erhebt sich und schreitet in Ruhe zum Spiegel über dem Waschbecken. Bombe hebt sie hoch, damit sie sich auch sehen kann.

Sie blickt in den Spiegel, neigt ihren Kopf nach rechts, nach links, nach rechts, dreht ihn zur Seite und fährt sich mit der Hand über den Kopf. Die kurzen stacheligen Haare kribbeln in ihrer Handfläche. Und dann lächelt sie und ein Leuchten flutet durch den Raum. Ihre großen Augen wirken noch viel größer. Sie nimmt wieder auf ihrem Thron Platz, wir verbeugen uns vor ihr und zum Dank haucht sie jedem von uns einen Kuss auf die Stirn. Nun ist die Prinzessin für alle unübersehbar eine von uns – ein Strahler.

Am Nachmittag geht wieder das große Gezeter los. Buddhines versammelter Volksstamm diskutiert heiß und laut über diese neue Wendung und den neuen Haarschnitt. Wobei Haarschnitt jetzt nicht genau das richtige Wort ist. Unsere Prinzessin jedoch sitzt in der Mitte wie ein kleiner Buddha und lächelt leise und zufrieden vor sich hin. Sie ruht in sich selbst. Eine echte Strahline.

Obwohl wir guten Mutes sind, hat Frau Freuden-Spender, die psychologische Betreuung unserer Station, heute morgen ganz spontan beschlossen, es sei an der Zeit uns aufzumuntern.

Der Besuch des lustigen Beppo steht an.

»Als wäre die Chemotherapie nicht schon schlimm genug«, wie Lippe bemerkt.

Nun ist Beppo also da. Alle Kinder von Station E3 haben sich in der Spielecke versammelt, selbst Spritze, heute mit neuem Seidentuch um die Schulter gewickelt, und Herr Götter sind da. Schon springt Beppo, der lustige Clown, mit seinen lustigen Clownschuhen hinter dem Kasperletheater hervor. »Hallo Kinder«, johlt er uns an. »Hallo Nervsack«, grüßt Lippe ihn zurück. Frau Freuden-Spender wirft uns einen giftigen Blick zu.

»Wisst ihr, warum ich hier bin?« Beppo schreitet mit großen Schritten die Reihen der Kinder ab. Es herrscht eisige Stille. »Ihre Frau hat sie rausgeworfen«, meldet sich Lippe zu Wort und hat die Lacher auf seiner Seite. Frau Freuden-Spender versteht keinen Spaß und zeigt Lippe an, dass er es sich nun mit ihr verscherzt hat. Sie schickt ihn zur Strafe aufs Zimmer. Er ist erlöst. Für uns geht die Vorstellung weiter. Beppo ist ein Anfänger. Ein lustiger Clown-Gehilfen-Anwärter-Praktikant. So wie Beppo hier rumalbert, ist das sein erster Auftritt überhaupt. Er macht durchschaubare Zaubertricks, fällt über seine eigenen Beine, kleckert mit Seifenblasen herum und singt schiefe unlustige Lieder, untermalt von seiner großen, gelben Mundharmonika. Von der allerdings wenig zu hören ist. Der lustige Beppo leidet sichtbar an Übergewicht und Atemnot.

Die Kurzhaar-Prinzessin ist die Kleinste auf unserer Station. Sie hat es ganz besonders hart getroffen. Sie muss in der ersten Reihe sitzen. Direkt neben Frau Freuden-Spender. Der lustige Beppo hat sich vorgenommen Blumi-pol in seine großartige Show mit einzubauen. Sie muss die Seifenblasen pusten, muss seine Luftballons festhalten und seinen lustigen Clownshut auf ihren Kopf setzen. Obwohl die Prinzessin das ausgeglichenste Wesen der Welt ist, braut sich etwas Explosives in ihr zusammen. Ich kann

Beppo.

Der unlustigste Clown der Welt.
Weckt selbst bei Friedensengeln Rachegelüste.

förmlich spüren, wie Ying und Yang aufeinander zu rasen. Der lustige Beppo hat alles gegeben und kommt zum absoluten Höhepunkt seiner peinlichen Vorstellung. Er wühlt in einer großen Kiste und zieht Igli heraus. Einen großen Stoffigel. Igli, den sprechenden Igel. Wie in aller Welt kann man einen Igel denn Igli nennen? Beppo ist nicht nur der schlechteste Clown der Stadt, nein, er ist auch noch der schlechteste Bauchredner des ganzen Universums. Beppo steckt seine Hand in Igli und los geht's. Igli kann reden. Wobei ein Blinder mit Krückstock sieht, dass Beppo redet und Igli seinen Stoffigelmund lustlos öffnet und schließt. Vielleicht hat Igli auch Schnappatmung.

Und wen hat sich Igli ausgesucht, um mit ihm seinen Spaß zu treiben? Natürlich, unsere Prinzessin. Die Buddhine. Hier läuft alles auf eine Katastrophe hinaus. Es riecht förmlich nach Blut und Tränen. »Oh, ich bin verliebt. Ich bin verliebt. Ich bin ja sooo verliebt«, sagt Beppo mit piepsiger Igelstimme und hüpft mit Igli auf die Prinzessin zu. Igli will die Prinzessin abknutschen. »Küss misch. Küss misch. Küss misch.« Schon drückt Igli seine Stoff-Fratze mitten in das Gesicht der Prinzessin. Einige Kinder kichern zum ersten Mal. Nicht weil es witzig ist, sondern aus Freude, dass es sie nicht erwischt hat. Die Prinzessin läuft rot an und ich ahne, dass dies kein Zeichen guter Durchblutung ist. Nur der dickfellige Beppo spürt von alldem nichts. Er beugt sich zur Prinzessin, Seite an Seite mit Igli, der ihm irgendwie sogar ähnlich sieht. »Wie heißt denn unsere Schönheit? Ja, wie heißt denn unsere Schönheit?« Jetzt hat

Ying eindeutig verloren und Yang hat die Oberhand gewonnen. Buddhine, die friedfertige Schwester des Buddha, ist auf Kriegspfad. Selbst ihre smaragdgrünen Augen laufen rot, blutrot an. In diesem Moment gebe ich keinen Cent mehr auf das Leben von Beppo, dem lustigen Clown.

Und was macht er? Er schiebt sich noch näher an die Prinzessin, bis Iglis Nase ihre Nase berührt. »Wenn unsere Schönheit schon nicht weiß, wie sie heißt, vielleicht weiß unsere Schönheit ja das: Wie heiße ich?« Beppo lässt nicht locker und blickt in seiner Einfalt seinem Untergang geradewegs ins Gesicht.

»Affenarsch«, antwortet die Prinzessin.

Mit einem Ruck hält die Welt an. Beppo lässt Igli zu Boden fallen. Alle Blicke, wirklich alle Blicke wenden sich der Prinzessin zu. Alles steht still.

»Sie kann sprechen«, entfährt es Herrn Götter. »Sie kann sprechen,« entfährt es Bizeps. »Sie kann sprechen«, entfährt es Spritze. Dann bricht unbeschreiblicher Jubel aus. Herr Götter drückt die Prinzessin an sich. Spritze gibt der Prinzessin einen Kuss. Bombe, Lippe, Zweistein, Bizeps und ich reißen die Arme jubelnd in die Luft und tanzen vor Freude den Strahlertanz. Die anderen Kinder lachen und applaudieren.

Herr Götter setzt sich die Prinzessin auf die Schultern und tanzt mit uns. Er macht hier den Häuptling. Er klopft Beppo auf die Schulter und gratuliert ihm und Frau Freuden-Spender zu dieser medizinischen Sensation. Eine Welle von Stolz ergreift die beiden Salzsäulen, sie fallen sich um den Hals und stimmen in den großen Freudentanz mit ein.

Die Prinzessin kann sprechen. Ein Wunder ist geschehen. Und wir sind live mit dabei.

Rache ist zuckersüß.

Er ist tot. So was von tot. So tot wie seine Wurst«, Bombe ist außer sich. Und er hat wieder mal recht. Es ist Abendbrotzeit – pünktlich 17 Uhr – und was vor uns auf dem Tablett steht, hat schon rein äußerlich wenig mit Essen zu tun.

Es hat keine Farbe. Es hat keine Form. Es hat keinen Geschmack. Das Einzige was es hat, sind schwabbelnde Kalorien. Der Blutdruckmesser zeigt, Bombe ist auf zweihundert.

»Hey, passt auf Leute, ihr geht da falsch ran. Geschmack entsteht nicht auf der Zunge. Geschmack entsteht im Gehirn. Ihr müsst euch was Leckeres vorstellen, dann schmeckt es automatisch besser. Los, Lippe, hau rein«, versucht der Zweistein zu retten, was zu retten ist.

Also hält sich Lippe ein farbloses Brot, das sich sehr hängen lässt, mit der außer Form geratenen Wurstscheibe unter die Nase und schließt die Augen. Er saugt den Duft tief ein.

»Oh, der Duft eines Big Mac dringt in mein Näschen. Ich rieche Fleisch. Ein Hauch von dickflüssigem, knallrotem Ketchup streichelt meine Sinne. Ich erahne eine feste, fleischige Scheibe Tomate, auf einem grünen taufrischen Salatblatt, gefangen in braunem Brötchen mit perligen

Sesamstreuseln.« Mir läuft schon vom Zuhören das Wasser im Mund zusammen. Den anderen auch, wie unschwer zu erkennen ist. »Und nun meine Herren, werde ich meine Geschmacksknospen zum Tanzen bringen. Ich werde einen kleinen, nicht zu großen, vorsichtigen Bissen nehmen und mir den besten aller jemals in diesem Universum gebratenen Big Macs auf der Zunge zergehen lassen.« Wir hängen ihm an den Lippen. Er hat die Augen geschlossen. Atemberaubend langsam öffnet er seinen Mund, fährt sich mit der Zunge über seine Oberlippe, sein Mund umschließt das Brot. Langsam beginnt er zu kauen. Sein Gesichtsausdruck zeigt: Er ist nicht mehr in dieser Welt. In dieser Sekunde betritt er die Weiten des äußeren Geschmacksuniversums.

Wie ertrinken in Neid.

»Es schmeckt, als hätte ich Spongebob im Mund. Ekelhaft.« Lippe spuckt die Brocken aus und feuert das, was ein Brot sein sollte und nie im Leben ein Big Mac ist, mit angewidertem Gesichtsausdruck quer durch den Raum und mitten ans große Fenster. Dort bleibt es durchaus dekorativ kleben. Wahrscheinlich ist dieses wabbelige weiche Brot doch aus Kleister. Die Vermutung haben wir ja schon länger. Mitten auf dem Fenster klebend sieht es jedenfalls besser aus als auf unserem Teller, finden wir und machen es Lippe nach. Wofür hat man schließlich Freunde? Schwapp. Schwapp. Schwapp. Zu unserem Entzücken bleibt jedes einzelne Kleisterbrot prompt und für die Ewigkeit haften. Ganz gelungen und unerwartet kreativ. Moderne Kunst. Wir nennen es »Kalorien blicken in den Park«.

Krankenhausköche.
Testen die Leidensfähigkeit unseres Körpers
mit grenzenloser Geschmacklosigkeit.

Vor lauter kreativer Schaffensfreude komme ich gar nicht auf die Idee, dass man dies auch anders sehen kann. Bis die Tür aufgeht und Spritze mit heruntergeklappter Kinnlade im Zimmer steht.

Sie sagt keinen Ton. Muss sie auch nicht. In ihrem Gesicht ist glasklar zu lesen: Sie hat weder Zugang zu moderner Kunst, noch honoriert sie die gestalterische Freiheit der Andersdenkenden. Die Kunstbanausin des Gesundheitswesens. Das scheint ihr aber vollkommen gleichgültig. Sie zwingt uns einen Eimer Wasser aus dem Putzraum zu holen und dieses Kleisterbrotfenster zu putzen. Wir schrubben uns die Arme wund. Der Kleister ist stärker als jeder Sekundenkleber. Was in aller Welt wäre eigentlich mit unseren inneren Organen passiert, wenn wir das gegessen hätten? Eine Flotte von Brotstücken schwimmt bereits im Putzeimer. Irgendwie sieht das jetzt aus wie die Rindfleischsuppe, die wir jeden zweiten Montag vorgesetzt bekommen. Wahrscheinlich nutzt der Koch dasselbe Rezept. Ich will nicht weiter darüber nachdenken. Stolz zeigt Spritze uns ihren Großmutter-Fenster-Putz-Trick. Nicht, dass irgendjemand von uns das hätte sehen wollen, aber so lerne ich im Schlafanzug auf der Kinderkrebsstation des Sieben Schmerzen Mariens um 18 Uhr abends bei hereinbrechender Dunkelheit, wie man mit Zeitungspapier die Scheibe so poliert, dass sie garantiert streifenfrei bleibt. Spritze bewegt sich keinen Millimeter von unserer Seite. Es gibt keine Chance zu entkommen. Über eine Stunde wienern wir das Kleisterfenster. Dann müssen wir ins Bett.

Es dauert keine halbe Stunde bis sich unsere Erschöpfung und unser Frust in brennende Rachegefühle verwandeln. Bombe hat von Anfang an recht gehabt. Der Koch ist tot. So gut wie tot. Entweder er oder wir. Und da wir hier bleiben müssen, ist die einzige Lösung, ihn loszuwerden. Wir sind krank. Aber den schlechtesten Koch in der Geschichte der Menschheit am Hals zu haben ist die Pest.

Selbst der tiefenentspannte Zweistein ist mittlerweile unversöhnlich. Er setzt sich seine Kopfhörer auf, wirft sein Superhirn und den kleinen Computer an und schmiedet dunkle Pläne. Egal was aus seinem Kopf herauskommt, es wird sehr, sehr schmerzhaft für den Kleisterkoch werden. Ich lösche das Licht im Zimmer, sehe Zweisteins Bildschirm im Dunkeln leuchten und freue mich. Die Strahler werden dem Kleisterkoch die Suppe anständig versalzen.

Zwei Tage später ist der Zeitpunkt gekommen. Zweistein hat seinem Namen wieder alle Ehre gemacht und sich etwas Schlaues ausgedacht. Dieses Rezept wird der Koch so schnell nicht vergessen. Wir werden den Koch bei lebendigem Leibe grillen – also im übertragenen Sinne. Wir strömen durch die Station und suchen Verbündete. Es ist einfach, Mitkämpfer zu rekrutieren. Jeder auf der Station leidet unter dem, was Tag für Tag an Geschmacklosigkeit auf unsere Teller und unter unsere Augen kommt. Die Armee der Rachestrahler stellt sich auf.

Wir beschließen, nach dem Mittagessen zuzuschlagen.

Wobei es wahrscheinlich überflüssig ist zu erwähnen, dass es nichts mit Essen oder etwas Ähnlichem zu tun hat, obwohl es den Namen »Kartoffelbrei mit Erbsen und Möhren« trägt. Und wie immer hat alles eine Farbe: das frische Grau von altem Fensterkitt.

Jeder von uns kippt das gesamte Essen in die Toilette und spült es hinunter, bis auf die Prinzessin. Sie isst nicht einen Happen. Ihr Teller leuchtet in frischem Fensterkittgrau. Das ist Teil des Plans.

Eine Viertelstunde später drückt Bombe mit feierlichem Gesicht und gestrecktem Zeigefinger auf unsere Notklingel. Rääääähhh blökt die Signallampe quer über den Flur und ins Schwesterzimmer. Das ist der Startschuss. Rääääähhh ertönt es aus dem Zimmer neben uns. Rääääähhh ertönt es aus dem Zimmer vor uns. Rääääähhh ertönt es aus dem Zimmer hinter uns und nun geht es richtig los. Jedes Zimmer schlägt Alarm. Rääääähhh. Rääääähhh. Rääääähhh. Rääääähhh. Rääääähhh. Rääääähhh. Jede Lampe vor jedem Zimmer schreit Alarm. Das gesamte Kontrollbrett im Schwesternzimmer glüht höllenrot. Innerhalb von Sekunden bricht Panik aus. Die Schwestern, Zivis, Pfleger und Assistenzärzte hasten mit wirrem Blick durch den Flur in die Zimmer. Es ist fantastisch. In jedem Zimmer halten sich die Kinder die Bäuche und winden sich vor Bauchschmerzen.

Je nach schauspielerischem Talent wird dem Pflegepersonal in den Zimmern nebenan die ganze Palette menschlichen Leidens präsentiert. Ingo aus Zimmer 8 gibt das leise Stöhnen des introvertierten Helden im Stile von Winnetou Teil 3 zum Besten. Lukas aus Zimmer 9 bevorzugt das schmerzerfüllte Schreien wie im Das Motorsägenmassaker Teil 12. Die Zwillinge Inga und Nina winden sich rhythmisch in ihrem Bett in einer Choreografie des Jammers.

Hier ist die Hölle los. Das gesamte Pflegepersonal ist komplett überfordert, was auch daran liegt, dass wir zunehmend in unsere Rollen hineinwachsen und von Minute zu Minute die Scheu verlieren, peinlich zu wirken. Bombe verabschiedet sich im Bett gegenüber gerade aus diesem Leben: »Bestellen Sie meiner Mutter und meinen Brüdern, ich werde am Himmelstor auf sie warten« haucht er dem Zivi, der längst hektische Flecken auf seinem dünnen Zivihals trägt, entgegen. Zwei Minuten später ist Herr Götter auf der Station, um sich ein Bild der Lage zu machen.

»Wann fing es an?«, herrscht er Schwester Maria an, die passend zum Schwesternkittel ein kalkweißes Gesicht zur Schau trägt. Eine Allergie? Eine Vergiftung? Ein Virus? Es dauert Sekunden, dann ist Herrn Götter alles klar: Diese Symphonie der Krämpfe muss was mit dem Essen zu tun haben. Das Leiden hat nach dem Mittagessen begonnen. Die Einzige, die keine Vergiftungserscheinungen zeigt, ist Blumipol, die vor ihrem unberührten Teller sitzt.

Herr Götter läuft rot an vor Wut. Das habe ich noch nie erlebt. Er schreit, dass selbst mir, das Herz in die Hose rutscht.

»Wo ist dieser Meisterkoch? Scheucht ihn hoch! Sofort!« Jetzt bekommt der Kleisterkoch seine verdiente Strafe. In der Haut des Meisterkochs möchte ich jetzt nicht stecken. Fünf Minuten später ist es soweit. Der große Showdown beginnt.

Herr Herrmann rollt seine unglückliche Figur durch den Gang. Er sieht genauso aus, wie sein Essen schmeckt. Seine Kochuniform ist speckig in der Farbe von Ohrenschmalz, genau wie seine Haare. Er ist feist und dreist und sich keiner Schuld bewusst. Was natürlich auch der Wahrheit entspricht, aber darüber reden wir ja hier nicht.

Herr Götter zeigt auf den Flur, überall brennen und kreischen die roten Alarmlampen. Rääääähhh. »Was sagen Sie dazu?«, stellt er den Schmuddelkoch zur Rede. »Rufen Sie den Elektriker. Wahrscheinlich eine Sicherung kaputt.« mault Herrmann mit teilnahmslosem Blick zurück. Herr Götter packt Herrmann am Arm und zieht ihn durch alle Zimmer. Stöhnende Kinder, die sich vor Schmerzen winden. »Das fing mit dem Mittagessen an. Bei jedem Einzelnen. 50 Mal. Sehen Sie da einen Zusammenhang?« Götter ist wirklich sauer.

»Ich hab alles gemacht wie immer«, zuckt der Koch mit den Schultern. Ein Fehler.

Denn wenn Herr Götter etwas hasst, dann ist es Gleichgültigkeit. Und Gleichgültigkeit in der Nähe kranker Kinder macht aus Herrn Götter einen Donnergott. Blitze zucken aus seinen Augen. Ein Donnergrollen rollt aus seinem Mund.

Er greift zu Blumipols Teller mit dem mittlerweile kalten Fensterkitt.

Unser Plan funktioniert. Blumipols Teller ist ein besonderer Leckerbissen. Garniert mit reichlich Diätsüße, in Fachkreisen Sorbit genannt, in Nicht-Fachkreisen als Abführmittel berühmt.

Herr Götter hält den Abführteller unter die Nase des Kleisterkochs, drückt ihm den Löffel in die Hand und sagt: »Dann mal Guten Appetit. Ich hoffe, Sie haben eine intakte Magenschleimhaut und eine gute Krankenkasse.« Der Koch taucht den Löffel vorsichtig in den Kartoffelbrei. Wir sind gespannt wie die Flitzebogen. Er nimmt eine Spitze voll und probiert sie. Wir halten die Luft an. Mit funkelnden Augen wartet Herr Götter auf die Reaktion. Der Koch setzt ein höhnisches Grinsen auf. »Wie immer. Lecker.« Nun rammt er den Löffel tief in den Teller und schiebt sich einen ganzen Berg Erbsen-Möhren-Brei-Kitt in den Mund. Es läuft ganz nach unseren Vorstellungen. Je mehr desto besser. Die Antwort hat Herr Götter nicht erwartet. Nun hat der Koch Oberwasser. Mit breitem Siegergrinsen schiebt er sich einen Löffel nach dem andern in den Mund. Wir reiben uns die Hände und Bombe stoppt schon mal die Zeit.

Plötzlich hat Herr Götter auch einen Löffel in der Hand. Er will es nun selbst wissen.

Bevor wir begreifen, was da passiert, ist der Löffel in Herrn Götters Mund verschwunden. Heiliger Bimbam. Das ist nicht Teil des Plans. Selbst er schmeckt keinen Unterschied. Gutes Zeug, das Sorbit. Der Koch kostet seinen Erfolg aus – bis zum letzten Löffel. Er kratzt den Teller sauber, leckt den Löffel ab. Satt und zufrieden betrachtet er sich in dem spiegelblank geleckten Löffel. Plötzlich zuckt ein Blitz durch seine Eingeweide. Der Schmerz ist da.

Das Sorbit wirkt prompt, das muss man ihm lassen. Wir können das Donnern in Herrmanns Bauch über den gesamten Flur hören. Die Farbe seines Gesichts nimmt in Sekundenschnelle die Farbe des Essen an – frisches Mausgrau.

Schweißperlen treten auf seine Stirn. Gutes Zeug, dieses Sorbit.

Genauso blitzartig fällt das überhebliche Siegerlächeln aus seinem Gesicht. Zu seinem schweren Bauchkrampf gesellt sich nun ein ebenso eindrucksvoller Gesichtskrampf. Er lässt Teller und Löffel fallen. Noch bevor sie den Boden berühren, ist Herrmann auf der Toilette am Ende des Flurs verschwunden.

Die Geräusche hinter der Tür sind nicht von dieser Welt und brennen sich kraftvoll in unsere Gehörmuscheln ein. Wir Kinder bleiben fasziniert und mit breitem Grinsen in unseren Betten liegen und spielen Geräuscheraten.

Die Leiden des nicht mehr ganz so jungen Herrmann lassen uns viel Raum für Fantasie.

Wir einigen uns auf Godzilla mit schwerer, akuter Nagelbettentzündung.

Es dauert einige Stunden.

Herr Götter ist den Rest des Tages nicht mehr auf Station zu sehen. Man munkelt, die Situation ist ihm auf den Magen geschlagen. Uns plagt das schlechte Gewissen. Irgendwie haben wir unseren Chefarzt geopfert. Aber wir haben das Leben von unzähligen Patienten dieses Krankenhauses gerettet. Das ist doch bestimmt auch in seinem Interesse.

Zur Beruhigung messen wir erst einmal Blutdruck.

Herr Herrmann, der Meister des Fensterkitts, tauscht später freiwillig den Job mit dem Koch der Universitätsmensa. Das tut uns leid für all die jungen ausgehungerten Studenten. Aber Leute, im Zweifel hilft Diätzucker wahre Wunder.

Gutes Zeug, das Sorbit.

Egbert trifft den Sensenmann.

Neben uns Strahlern und der Prinzessin gibt es natürlich noch jede Menge weiterer Kinder auf unserer Station. Einer der faszinierendsten ist Egbert von Schulze-Isenbart. Nicht aus ganz so gutem Hause wie der Name vermuten lässt, aber durchaus mit dem Gefühl geboren, etwas Besonderes zu sein. Besonders krankheitsempfindlich zum Beispiel. Egbert ist der ungekrönte König aller Scheinkranken. Hypochonder, der Erste. Egbert lässt sogar nachts im Bett seine Turnschuhe an, damit er dem Tod von der Schippe springen kann, falls der mal bei Mondschein Langeweile hat und überraschend vorbeikommt.

Es begann alles damit, dass dem Muttersöhnchen als Kind ein Muttermal entfernt wurde. Man hat es eingeschickt und für gutartig befunden. Aber Egbert ist sich da nicht so sicher. Und vor allem seine Mutter ist sich da nicht so sicher. Was vielleicht auch daran liegt, dass Egbert das einzige Kind von Frau von Schulze-Isenbart ist, der alleinerziehenden Mutter mit schnellem Internetanschluss. Was bedeutet, Mama Egbert verbringt seither Tage und Nächte vor ihrem Computer, um eindeutige Anzeichen von lebensbedrohlichen Krankheiten wie Kurzatmigkeit und Mattheit schon im Frühfrühstadium zu erkennen. Wobei man Egberts Keuchen und seinen fehlenden Antrieb auch durchaus mit seinem ansehnlichen Übergewicht in Zusammenhang bringen kann. Als Privatpatient bei Herrn Götter kommt Egbert, genannt Bazille, nun in regelmäßigen Abständen in die Klinik. Hier zwischen den ganzen Kranken fühlt Egbert sich sicher. Wahrscheinlich weil er der Gesündeste von uns allen ist. Auch wenn Bazille es nicht wahrhaben will.

Mit Leidensmiene wabbelt seine Puddinggestalt über den Flur Richtung Cola-Automat. Als er uns sieht, bleibt er stehen. Er keucht wie ein lungenkranker Seeelefant.

»Schön, dass ich euch noch mal sehe, Strahler, bevor ich in die ewigen Jagdgründe eingehe«, begrüßt uns seine Durchlaucht. »Gehen würde ich das nicht nennen. Eher Schleichen. Nimm genug zu essen mit, nicht dass du auf dem Weg zum Himmelstor noch verhungerst.« Lippe kennt kein Erbarmen.

»Ne Jungs, kein Quatsch, um mich steht es echt nicht gut«, sagt Bazille, während er zur Beruhigung in die Tasche seines Seidenbademantels greift, einen Schokoladenriegel herausholt und hineinbeißt. Nervennahrung. »Du bist sowieso im falschen Körper geboren. Kann nur besser werden. Vielleicht hast du Glück und es gibt so was wie Wiedergeburt. Dann such dir mal eine anständige Hülle für deine hungrige Seele aus.« Auch Bombe fällt auf Bazilles Mitleidsnummer schon lange nicht mehr rein.

»Ja, ja, spottet nur«, tönt es undeutlich aus Bazilles vollen Backen, »wenn ich morgen nicht mehr bin, tut es euch leid. Schwer leid.« Er trottet mit gesenktem Kopf und durstigem Gesichtsausdruck weiter Richtung Cola-Automat.

»Bazille müsste man mal eine Schock-Therapie verpassen, damit dieses ewige Gejammer aufhört.« Bombe hat recht. Bazille ist der Dickste, aber auch der Gesündeste von allen, jammert aber am meisten. Wir werden Bazille eine Lektion erteilen, die er den Rest seines Lebens nicht mehr vergessen wird. Gleich morgen bei Sonnenaufgang ist es soweit.

Wenn Bazille, der Erstgeborene von Schulze-Isenbart, morgen früh die Augen öffnet, vergeht ihm Hören und Sehen.

Pünktlich um 5 Uhr summt der Wecker. Mit einem Schlag sorge ich für Ruhe, schlüpfe aus meinem Bett und wecke mit leichtem Rütteln den Rest der Strahler. Natürlich auch die Prinzessin, die sich wie immer in Bizeps Bett gekuschelt hat. Wortlos zieht sich jeder von uns an. Ohne das leiseste Geräusch öffnen wir unsere Tür, blicken vorsichtig in den Flur. Weit und breit ist nichts zu erkennen, was einer Schwester ähnlich sieht. Himmlische Ruhe, genau die richtige Atmosphäre für das, was wir vorhaben. Auf Socken gleiten wir über den polierten Linoleumboden bis zu Zimmer 4, den Raum für Privatpatienten. Ein Einzelzimmer. Egberts Ruhestätte. Wobei Speisekammer passender wäre.

Bombe drückt in Zeitlupe die Türklinke herunter und öffnet die Tür. Die Prinzessin, Lippe, Bizeps, Zweistein und ich huschen hinein.

Dort liegt unser geistig Kranker und schläft selig wie ein dicker Ballon. Die Turnschuhe schauen unter der Bettdecke hervor. Schokoladenpapier liegt leer und zerknüllt auf dem Nachttisch. Bombe greift sich Egberts Wecker und stellt ihn vier Stunden vor, auf 9.07 Uhr. Zweistein holt eine Kerze aus den Tiefen seines Bademantels hervor. In der anderen Hand hat er bereits ein Feuerzeug und entzündet vor unseren verblüfften Augen das himmlische Licht. Augenblicklich verbreitet sich eine feierliche Stimmung. Er deutet uns an, mucksmäuschenstill zu bleiben.

Die Prinzessin trägt ein langes, weißes Nachthemd. Ein Engel.

Bombe drückt ihr die Kerze des himmlischen Scheins in die Hand. Der Engel wird in goldenes Licht getaucht. Angesicht zu Angesicht mit dem wohlgenährten Egbert stellt sich das himmlische Wesen nun genau vors Bett, greift zu einer Feder und kitzelt ihn an der Nase. Die Nase kräuselt sich, aber sonst passiert nichts.

Nochmal. Nochmal passiert nichts. Bombe zuckt mit den Schultern. Hier müssen wir stärkere Geschütze auffahren. Bombe nimmt einen Schokoriegel aus der Schublade, beißt ein großes Stück ab und bewegt den Schokohappen langsam unter Bazilles Nase hin und her. Zwölf Sekunden später leckt sich Bazille über die Lippen, öffnet sein linkes Auge und blickt direkt einem Engel ins Gesicht.

Einem erleuchteten Engel, der im goldenen Schein grenzenloser Herzenswärme gen Himmel deutet. Bazille schießt in die Höhe. »Mama?« Er blickt auf den Wecker. Schon zehn nach neun und immer noch dunkel. Ein Engel steht in seinem Zimmer. Hier stimmt doch irgendetwas nicht. Er blickt sich um und erblickt uns. Bombe reagiert nicht.

Bazille.

Leidet in erster Linie unter seinem Hunger
und seinen eingebildeten Krankheiten.

Er trägt teilnahmslos sein trauriges Gesicht zur Schau: »Der arme Egbert. Jetzt hat es ihn erwischt. Hätte ich ihm doch geglaubt. Er wirkte gar nicht so krank. Egbert im Himmel, verzeih mir.« Bizeps lässt ein deutliches Schluchzen hören. »Dabei hatte er immer so einen gesunden Appetit«, meint Lippe.

»Hey Jungs, macht doch keinen Quatsch – ich bin es doch. Hier, euer Egbert. Hallo.« Egbert winkt uns aufrecht sitzend von seinem Bett aus entgegen. Wir tun so, als wäre er Luft.

»Meint ihr, man sieht wirklich einen Engel, wenn man tot ist?«, fragt Zweistein in die Runde. Egbert blickt ungläubig auf die Prinzessin. Ein Himmelsbote im goldenen Schein. Panik steigt in Egbert auf.

»Hallo. Hallo, Hallo. Hört mich denn keiner?« Wie ein Flummi hüpft er in seinem Bett auf und ab. Wir tun so, als bemerken wir von alldem nichts. Wir sind in Trauer vereint.

»Dabei war er noch so jung. Hoffentlich kommt er in den Himmel.«

Daran hat Egbert ja noch gar nicht gedacht. Steht der Abstieg in die Hölle auch zur Diskussion? Außer ein paar Notlügen zum Thema Essen und »wer hat die Schokolade gegessen« hat er doch nichts Schlimmes getan. Reicht sowas schon für das Fegefeuer? Jetzt hält es Bazille, den verstorbenen Egbert, nicht mehr in seinem Bett. Er springt zum Spiegel.

»Ich kann mich doch noch sehen. Wie soll ich das denn nur meiner Mutter erklären? Die ist bestimmt sauer. Dabei hatte ich doch gar nichts. Zu Hause war mir doch nur sterbenslangweilig.« Egbert hadert mit sich selbst, aber er begreift, es hilft alles nichts. Wenn das Gottes Wille ist, dann soll es so geschehen. Soll Gott sich doch mit seiner Mutter auseinandersetzen. Also legt er sich zurück ins Bett, kreuzt seine Arme über der Brust, schließt die Augen, bereit sein Schicksal anzunehmen. Er seufzt tief und lang.

Genau der richtige Augenblick, um ihn ins Leben zurückzuholen.

»Hey Bombe, ich glaube, er hat gezuckt«, Bombe reißt den Vorhang am Fenster zur Seite und das erste Morgenlicht schleicht sich ins Zimmer. Lippe beugt sich nach vorne und zieht die Bettdecke zur Seite. »Tatsache, sein Brustkorb bewegt sich. Er ist im selben Körper wiedergeboren. Das nenn' ich mal Pech.«

Egbert fühlt sich trotz seines großen Körpergewichts sehr erleichtert. Er schlägt die Augen auf: »Mensch, bin ich froh euch zu sehen, Strahler. Ihr glaubt nicht, was mir passiert ist. Ich bin dem Tod von der Schippe gesprungen. Diesmal war es echt eng.«

Wir hören gespannt zu.

Wo die Liebe hinfällt.

Bazille ist selig. Ein Kreis kleiner Patienten sitzt um ihn herum, während Egbert mit Händen und Füßen, großen Gesten und seltsamen Gesichtsausdrücken seine Geschichte zum Besten gibt. Mit roten Ohren lauschen sie der unglaublichen Geschichte, kleben an seinen Lippen und saugen die zehn besten Tricks, dem Tod in letzter Sekunde von der Schippe zu springen, begierig auf. Offensichtlich hat er die Geschichte anders erlebt als wir.

»Der Sensenmann kommt auf mich zu. Er sieht aus wie King Kongs fetter Bruder, nur hässlicher. Sein stinkender Affenatem verpestet mein Zimmer mit dem Gestank von fauler Banane. Glutgelbe Giftaugen brennen sich durch die dicke Dunkelheit direkt in mein Gesicht. Eine Stimme aus den Tiefen der Hölle dröhnt mir entgegen, dass meine Ohren flattern wie eine Seeräuberflagge im Orkan: ›Ich bin aus dem Kochtopf des Teufels gekrochen, um dich zu holen‹, peitscht der Schrecken der Unterwelt mir entgegen. Seine gewaltige Pranke schnellt nach vorne. Er will mich packen. Ich bleibe cool, ziehe locker mein Knie an und trete mit aller Kraft meines strammen Schenkels und dem Gewicht meines strammen Körpers auf seine haarigen Zehen. Die Kralle seines kleinen Zehs explodiert in acht Splitter. Er brüllt wie eine Boeing beim Start. Ich springe aus dem Bett und – ich schwöre – aus meinem eigenen Körper. Ich düse ab wie der rasende Blitz. Logo, ich renne ja um mein Leben. Ich fliege. Er hinter mit her, wie eine Herde wütender Büffel. Obwohl ich schnell wie die Rakete mit doppelter Schallgeschwindigkeit bin, kommt er näher. Ich renne und renne und renne und merke: Hilfe, ich bin im Kreis gelaufen. Ich bin wieder an meinem Zimmer. Die Tür steht noch auf. Mit einem gewaltigen Monster-Riesensatz springe ich ins Bett, schlage im Fliegen die Tür hinter mir zu und lande wieder in meinem eigenen Körper, der immer noch wie leblos im Bett liegt. Ich höre, wie das haarige Monster mit lautem Krach vor die Tür knallt. Ich spüre, wie die Lebenskräfte durch meinen Körper pulsieren und ich zurück ins Diesseits komme. Ich schlage die Augen auf. Der Sensenmann ist weg und ich bin den ewigen Jagdgründen entkommen. Gut, dass ich meine Turnschuhe angehabt habe. Sonst hätte er mich voll erwischt.« Irgendwie hat dieses Erlebnis eine heilsame Wirkung auf Egbert. Er kommt sich schlagartig unsterblich vor. Gerade noch das pummelige Elend auf dem Weg in die ewigen Jagdgründe, strahlt er nun vor innerer Kraft und Zuversicht.

Herr Götter hört seine Geschichte und blickt uns an: »Könnt ihr mir sagen, was da passiert ist?« Wir setzen unsere erfolgreichsten Unschuldsmienen auf und blicken ihn mit großen, treuen Strahleraugen an. Herr Götter behält seinen kritischen Blick. Er ist von unserer Vorstellung nicht überzeugt. Da meldet sich der Piepser in seinem Arztkittel und er muss weg. Glück muss man haben.

Herr Götter.

*Der absolute Chef hier. Er hat es voll drauf
und mehr Fans als Robbie Williams.*

Wir sind Herrn Götter noch mal gerade von der Schippe gesprungen.

Das Wochenende kommt und mit ihm der Besuchermarathon. Alles, was irgendwie zur Familie gehört, kommt angerollt. Du wirst zugeschüttet mit Vitaminsäften und Comics. Und Bizeps bekommt wieder eine Wagenladung dieser staubtrockenen Energieriegel, die seine großen Brüder so lieben und er so hasst. Du redest so viel wie die gesamte Woche nicht und wirst ohne Unterlass geküsst, geherzt, gedrückt, besonders von den Mamas, den Omas und allem, was nach Tante riecht. Das abendliche Blutdruckmessen zeigt, dein Kreislauf und du sind im Keller. Ich bin zu alt für so was.

Doch nun ist es Sonntagabend. Der Besuchsstrom ist abgerissen und Station E3 hüllt sich in die verdiente Ruhe. Wir liegen in unseren Betten, dösen ein bisschen vor uns hin, eingelullt von dem sonoren Brummen der Poliermaschine, mit der die Reinigungsfirma Glattofix den Linoleumboden im Flur auf Hochglanz poliert. Der Zweistein kommt ins Zimmer.

»Der Flur glänzt wie eine Speckschwarte. Ist voll glatt. Passt bloß auf. Nicht, dass ihr euch lang macht, wenn ihr heute Nacht rausgeht.«

»Hammeridee, Zweistein. Leute, macht euch auf die Socken«, meint Bombe und rollt sich aus seinem Bett. »Jeder zieht dicke Wollsocken an. Wir treffen uns in zehn Sekunden auf dem Flur.«

Keine Ahnung, was er vorhat, aber es klingt spannend.

Zwanzig Herzschläge später stehen die gesammelten Strahler in einer Reihe auf dem spiegelglatten Flur der Kinderstation. »Achtung. Achtung. Liebe Teilnehmer. Die offenen Rutschmeisterschaften von Sieben Schmerzen Mariens sind hiermit eröffnet. Nehmen Sie Schwung, aber geben Sie acht. Vermeiden Sie Verletzungen, außer es geht um den Tagessieg. Im Notfall steht erstklassige ärztliche Versorgung bereit«, verkündet Bombe feierlich, nimmt Anlauf und rutscht etwas wackelig fünf Meter den Flur entlang. Er bleibt am Ende stehen und kommentiert: »Damit hat der Seriensieger BT, die Bombe, Stachowik, gleich wieder die Führung übernommen und eine Weite vorgelegt, die seinen Konkurrenten den Atem rauben dürfte. Selbst wenn sie sonst nicht unter spasmischem Asthma leiden. Hier kommt der Nächste: der minder-bemittelte Tim, die Lusche, genannt Lippe Langsam.

Lippe kommt gut zwei Meter hinter Bombe zum Stehen, wobei einzig und allein die Socken Schuld sind. Die Scheiß-Stoppersocken, wie Lippe erklärt. Die Sache macht jede Menge Spaß, was nicht zu überhören ist. Nach und nach öffnen sich alle Zimmertüren und immer mehr Kinder kommen in den Flur, stellen sich in die Schlange und nehmen an der Rutschmeisterschaft teil. Bombe und ich liefern uns ein hartes Duell um den Tagessieg. Von mal zu mal werden wir risikofreudiger, nehmen mehr und mehr Anlauf. Wir rutschen mittlerweile locker zehn Meter. Lisa aus der Nachbarstation ist auch nicht von schlechten Eltern. Sie kommt zwar nicht so weit, ist aber in der Lage mit

Eleganz zu punkten. Sie war letztes Jahr Stadtmeisterin im Eiskunstlauf und bringt uns nun hier auf der Kinderstation den Toulop, den Rittberger und die Waage bei. Die B-Note, für künstlerischen Ausdruck ist nicht schlecht, aber ihre strammen Schenkel sind besser, findet Bombe. Unser Bizeps stellt sich gar nicht so dumm an. Seine Salzstangenbeine gleiten wie ein Stück Seife über feuchten Boden. Er schwingt seine Ärmchen wie ein junger Albatros in Wollsocken mit eleganten Flügelschlägen. So gleitet er an uns vorüber und bedenkt uns mit einem sanftmütigen Lächeln, während er sich an die Spitze des Wettbewerbs setzt.

»Was soll das werden, wenn es fertig ist?« Spritzes liebliche Stimme peitscht durch den Flur und lässt alle Aktivitäten schlagartig einfrieren.

»Klack, klack, klack« klatschen ihre Schritte durch den langen Gang. Mit strengem Blick schreitet sie einen nach dem anderen ab. Sie mustert jeden Teilnehmer von oben bis unten. Mein Herz klopft bis zum Hals. Sie kommt näher. Sie baut sich in ihrer ganzen Autorität vor mir auf. »Und?« Ihre Stimme bohrt sich wie rostiger Stacheldraht in mein Ohr. Ich bin unfähig zu atmen, geschweige denn zu antworten. »Die offiziellen Rutschmeisterschaften Sieben Schmerzen Mariens«, springt Bombe mir zu Hilfe. Spritze wendet sich Bombe zu. »Ah ja, und?« Bombe ist hinter ihrer drallen Gestalt gar nicht mehr zu sehen. Ich höre seine Antwort: »Bizeps ist heute nicht zu schlagen.« Spritze dreht sich langsam zu Bizeps um. Ich kann sehen, wie alle Farbe aus seinem Gesicht verschwindet. Sie stampft auf ihn zu.

»Das wollen wir erstmal sehen«, höre ich Spritze sagen. Strammen Schrittes marschiert sie zum Ende des Flurs, schlüpft aus ihren weißen Gesundheitsschuhen und nimmt nun in Nylonstrümpfen mächtig Anlauf. Ich nehme alles in Zeitlupe wahr, so unwirklich kommt es mir vor.

Oberschwester Spritze hat einen Gewichtsvorteil, gewaltig viel Schwung und mächtig glatte Strümpfe. Sie gackert vor Vergnügen wie ein Wasserhuhn und schnellt mit wehendem Haar an uns vorbei. Wir stehen mit dem Rücken an der Wand, den ganzen Flur entlang. Jeder feuert Spritze an. Sie rutscht und rutscht und rutscht den Flur entlang, ohne langsamer zu werden.

Sie gleitet an mir vorbei. Sie gleitet an Bombe vorbei. Sie gleitet an Bizeps vorbei und reißt jubelnd wie ein Olympiasieger im Zehnkampf, beim Überschreiten der Ziellinie und dem Gewinn der Goldmedaille, die Arme in die Höhe. Sie ist der Champion. Rutschend wendet sie sich zu uns und lässt die ganze Station an ihrer Freude und ihrem siegestrunkenem Blick teilhaben. Sie verneigt sich grazil, während sie rückwärts weiterrutscht.

Spritze ist so glücklich, dass ihr gar nicht in den Sinn kommt, dass dieser Wettbewerb nicht in den unendlichen Weiten des Weltraums ausgetragen wird. Dieser Flur ist irgendwann einmal zu Ende. Genau genommen jetzt. Dank ihrer großen Schwungmasse ist ihr Tempo immer noch atemberaubend, als sie in die Eingangstür kracht, die gerade geöffnet wird. Es scheppert ohrenbetäubend, als wäre der bekannte Elefant mit einer Arschbombe in den bekannten Porzellanladen gesprungen. Es dauert einige Sekunden bis wir uns von dem Schrecken erholt haben. Erst dann sehen wir ein paar karierte Socken in abgetragenen Sandalen, die unter Spritze liegen und kräftig strampeln.

Wer immer auch in diesen Sandalen steckt, hat gerade eine schwere Zeit. Eine mächtig schwere Zeit. Auch unsere unverwüstliche Spritze wirkt etwas benommen. Mit vereinten Kräften helfen wir ihr hoch und sehen diesen kleinen, zarten Mann höheren Alters, mit gelbem Hemd und bunt gemustertem Pullunder zum Vorschein kommen.

Hilflos wie ein Maikäfer liegt er auf dem Rücken und blickt mit weit aufgerissenen Augen auf dieses Wesen, das aus heiterem Himmel mitten auf ihn gefallen ist. Spritze ihrerseits hat sich bereits wieder von dem Schrecken erholt und blickt auf das zappelnde Männlein zu ihren Füßen.

Die Prinzessin schiebt sich nach vorne, damit sie auch etwas sehen kann und klärt mit zwei Worten die Sache auf: »Hallo Onkel«.

Spritze ist wie vom Donner gerührt. Er ist gekommen. Ihr Prinz. Ihr Verehrer. Der Onkel. Der Feingeist des anderen Kontinents. Auch wenn er in seinen Sandalen und so stöhnend am Boden liegend etwas anders wirkt als in ihren Träumen. Wir schauen uns entsetzt an. Der Onkel. Jetzt fliegt alles auf. Spritze hat keine Augen mehr für uns. Der Prinz ist da. Sie will mit ihm allein sein.

In professioneller Routine kommandiert sie alle auf ihre Zimmer, kniet sich zu der platten Flunder mit dem gelben

Hemd und hilft ihm auf die wackeligen Beinchen. Es fehlt nicht viel und sie würde ihn auf den Arm nehmen, so klein und zart wie er ist.

Wir sitzen mit Bauchschmerzen in unserem Zimmer. Gleich fliegt alles auf. In ein paar Minuten sind wir geliefert. Dagegen ist Verbrennen bei lebendigem Leibe eine Wellness-Behandlung. Wie sollen wir das Oberschwester Hiltrud erklären? Lippe, unser Weltmeister im Ausreden-Erfinden, zermartert sich vorsorglich schon mal das Hirn. Ein Übersetzungsfehler? Hat Zweistein Sri Lankanisch mit Indisch verwechselt und die Buchstaben falsch gedeutet? Sind wir selbst von einer außerirdischen Macht hereingelegt worden? Sind es Nebenwirkungen der Medikamente, die uns fantasieren ließen? Egal mit welcher Ausrede wir ankommen, es wird auf jeden Fall eng.

Unser Blutdruck erreicht Spitzenwerte.

»Sag mal Prinzessin spricht dein Onkel eigentlich deutsch?«, fragt Zweistein.

Sie schüttelt den Kopf. Ein Schimmer der Hoffnung gleitet durch Zimmer 12.

Der Blutdruck sinkt.

Eine halbe Stunde später rutscht der Zweistein mit Blumipol Richtung Schwesternzimmer. Zu unserer Überraschung sitzt ihr Onkel dort immer noch. Er kann auch nicht weg. Spritze steht hinter ihm und presst einen großen Beutel Eis gegen seine Stirn, auf der eine eindrucksvolle Riesenbeule leuchtet. Spritze spricht beruhigend auf ihn ein und streicht ihm fortwährend das Haar, als würde sie ein Pferd striegeln. Blumipols Onkel versucht tapfer zu lächeln, obwohl alleine der Gedanke an ein Lächeln schmerzt.

Die Prinzessin geht zu ihrem Onkel, gibt ihm einen Kuss auf die Wange und zieht ihn davon.

»Besuchszeit tot«, zeigt sie ihm an.

Der Onkel dreht sich zu Spritze um, wringt sich ein dankbares Lächeln aus dem Gesicht, verbeugt sich tief, fast bis zum Boden, und verabschiedet sich: »Haimalin samana chang choi rambuli«, oder so ähnlich.

Ergriffen drückt Spritze den Eisbeutel an ihr Herz, sodass der Kittel durchnässt wird. Sie winkt zaghaft, doch damengleich einen Abschiedsgruß hinterher.

Kaum ist er aus dem Zimmer, zischt sie zu Zweistein: »Was hat er gesagt?«

Zweisteins Gedanken rasen. Jetzt bloß keinen Fehler machen. »Was?«, presst er hervor, um Zeit zu gewinnen. »Was er gesagt hat, will ich wissen.« Spritze versteht keinen Spaß mehr. Zweisteins Leben steht auf dem Spiel. »Ach so ... Also ... Ja ... Klar.« Die Zeit läuft ihm davon. Mit jeder Sekunde kommt der Tod ein bisschen näher.

»Seine Worte sagten: Wie kann es sein, dass eine Gestalt aus Licht ein Herz aus purem Gold in ihrer so wohlgeformten Brust trägt?«

Auf Zweistein kann man sich eben verlassen. Er ist echt schlau. Unter höchstem Druck so eine Antwort. Spritze ist schon wieder dahingeschmolzen. Es gibt ihren Prinz. Eine Zeit lang, hat sie schon gedacht, wir hätten ihn erfunden.

Doch jetzt hat sie ihn gesehen. Er hat unter ihr gelegen und gestrampelt. Sie hat sein königliches Haupt gestreichelt und seine Beule medizinisch versorgt.

Er ist kleiner und dünner und älter und weniger prachtvoll als sie vermutet hat.

Doch sie mag ihn. Die Art, wie er ohne ein Zeichen von Wehleidigkeit die Schmerzen ertragen hat. Die Sanftheit seines Wesens, als er unter ihr lag und sich nicht gewehrt hat. Sie ist sich sicher: Er ist der Mann ihres Lebens. Sie sind für einander bestimmt.

Spritze ist glücklich. Wir können sie in dieser Nacht noch einige Male über den Flur rutschen hören. Spritze ist glücklich. Sehr, sehr glücklich.

Der Prinz.

Sieht meist ganz anders aus, als in deinen Träumen,
hat aber immer ein Herz aus Gold.

Alle Jahre wieder.

So langsam aber sicher steuert die Klinik auf Weihnachten zu. Was unschwer daran zu erkennen ist, dass ein goldener Plastikweihnachtskranz vor dem Schwesternzimmer baumelt. Um unseren Sehnerven endgültig den Rest zu geben, hat Schwester Bohne mit den Mädchen der Station Fensterbilder gebastelt. Eine ganze Armee von Schneemännern, Engeln und Nikoläusen, die aussehen wie explodierte Bakterien schmücken seither die Scheibe des Schwesternzimmers. Das Reizvolle daran ist, dass ich dahinter Biene und Bohne nicht mehr sehe.

Heute schreiben wir den 23. Dezember. Für diesen bedeutungsschwangeren Tag hat sich hoher Besuch angekündigt. Der Weihnachtsmann persönlich wird in der Klinik auflaufen. Wir wetten welche Krankheitssymptome er wohl hat. Ich setzte auf Kalkablagerungen im Schultergelenk durch jahrelanges Sackschleppen. Wir diskutieren, ob er auf die traditionelle Art mit seinem Rentierschlitten oder der Situation angemessen mit Krankenwagen und Blaulicht einrollt. Mal sehen.

Am frühen Abend müssen wir alle auf unsere Zimmer verschwinden und uns ordentlich herausputzen. Zweistein lässt sich nicht lumpen. Zu Ehren des hohen Besuchs streift er sein Oberhemd über und schnallt sich eine goldene

Fliege um. Vom Feinsten. »Höchste Zeit, dass ich ein bisschen Eleganz in diese glanzlose Räumlichkeit trage,« kommentiert er sein Spiegelbild mit tief empfundener Zufriedenheit. »Der Weihnachtsmann ist zu schlau, um sich von Äußerlichkeiten täuschen zu lassen. Du gehst schweren Zeiten entgegen, wenn er erst einmal einen Blick in sein schwarzes Buch wirft«, macht Bombe alle Hoffnungen zunichte, während er sich mit Gel die Haare an den Kopf kleistert, für den Rockstarlook, wie er es nennt. Ein erschreckender Gedanke, das mit dem schwarzen Buch, findet Lippe.

Was ein sauberes Hemd, ein frisches T-Shirt und gekämmte Haare doch ausmachen, ist selbst für mich überraschend. Wir Strahler sehen aus wie nette Kinder. Der Weihnachtsmann kann kommen. Wir sitzen auf unseren Betten, baumeln mit den Beinen, bohren in der Nase und warten auf das verabredete Zeichen, um die Tür zu öffnen. Bizeps presst sein Ohr an die Tür, kann aber nichts hören. Nicht mal Rentiergetrappel.

Zum Zeitvertreib messen wir noch mal Blutdruck.

Der Blutdruckmesser zeigt, die Spannung steigt. Natürlich ist uns klar, dass das mit dem Weihnachtsmann nur Show ist. Dass er logisch betrachtet ja gar nicht wissen kann, was wir so angestellt haben. Woher denn? Natürlich wissen wir, dass Knecht Ruprecht mit seiner Rute nur dafür da ist, Eindruck zu schinden und nicht, um uns mit der Rute zu züchtigen. Jeder weiß das. Aber man weiß ja nie. Vor allem Lippe macht sich Sorgen, dass er nicht ungeschoren davonkommt. Wenn der Weihnachtsmann nur die Hälfte seiner Streiche mitbekommen hat, ist er jetzt geliefert. Soviel ist klar.

Lippe hat aber einen Notfallplan in der Tasche. Den schweren Anfall von akuter Tollwut. Vorsichtshalber hat er ein Stück Seife in Form eines Kaubonbons in einer Hosentasche deponiert. Ein Bissen, gut durchkauen und schon wird der Schaum nur so aus seinem Mund blubbern. Einen tollwütigen Jungen wird auch Knecht Ruprecht nicht züchtigen. Hoffentlich.

Jetzt könnte es langsam losgehen. »Klingeling« ist endlich das goldene Glöckchen zu hören. Unser vereinbartes Weihnachtsmann-Signal. Wir springen vom Bett und stürzen auf den Flur. Obwohl eigentlich verboten, brennen vor dem Schwesternzimmer Kerzen. Ein ganzes Meer von Kerzen. Oberschwester Spritze hat ihren Kassettenrecorder von zu Hause mitgebracht, aus dem »Oh Tannenbaum, oh Tannenbaum, wie schön sind deine Blätter« leiert. Aus allen Zimmern strömen die blank polierten, frisch frisierten Kinder auf den Flur. Es riecht köstlich nach frischen Bratäpfeln, da hat sich der Koch mal mächtig ins Backzeug gelegt. Überall stehen Bänke mit frischen Plätzchen, Dominosteinen und Spekulatius.

Wir hocken uns auf die Bänke und sind gespannt, welche Weihnachtsüberraschung jetzt auf uns zurollt.

Als Erstes kommt Bohne angerollt. In ihrer weißen Schwesterntracht, zur Feier des Tages mit goldener Engelshaarpracht verkleidet, tritt sie vor uns Kinder. Sie ist entschlossen uns mit einem selbst geschriebenen Gedicht zu erfreuen.

»Der Himmel lacht zur Weihnachtszeit, verbreitet Freude weit und breit. Er schickt uns Engel auf die Erde. Wir achten auf die Kinderherde. Wir wollen Kinderaugen strahlen machen, verzaubern sie mit süßen Sachen. Drum liebe Kinder greift nun zu. Denn zu meiner Herde gehörst auch du.« Mit artigem Knicks beendet Bohne ihre Aufführung. Freundlicher Applaus der Kinder erfüllt den Flur. Bohne holt eine große Schüssel selbstgebackene Kekse, geht herum und verteilt sie. Was Bohne uns serviert, sieht zwar aus wie Kekse, gehört aber zur Familie der Backsteine. Schon ein Bissen spaltet dir den Kiefer. Bohne bleibt mit erwartungsvollem Blick vor mir stehen, bis ich diesen trockenen Steinstaub zermahlen und hinuntergewürgt habe.

Zur Belohnung schaufelt sie mir stolz einige Kilo ihrer Steine auf den Schoß.

»Kennt denn jemand von euch ein Weihnachtsgedicht?«, will sie wissen.

Wir sind genauso baff wie Bohne, als der Zweistein sich meldet.

Bohne ahnt, dass irgendetwas im Busch ist, aber was soll sie machen? Stille legt sich über die Station, als Zweistein im schicken Oberhemd und goldener Fliege nach vorne schreitet. Mit großer Geste und großem theatralischen Gespür hebt er seine Stimme. »Der Himmel stöhnt zur Weihnachtszeit, verbrennen Kekse weit und breit. Er schikt die Bohne auf die Erde und sagt: Kinder sind doch keine Pferde. Du sollst die Kinder strahlen machen, nicht sie ersticken mit den Sachen. Drum liebe Bohne, sagt die Herde dein: Das mit den Keksen, das lass sein.« Tobender, spontaner Applaus gibt ihm recht.

Zweistein macht einen Knicks, wirft einen Blick auf Bohne, die aber in friedvoller Weihnachtsstimmung ist und ihm lachend mit dem Zeigefinder droht. Mächtig mutig von Zweistein. Eine wahrhaft christliche Tat. Generationen von Krankenhauskindern wird das Backsteinschicksal erspart bleiben.

Spritze wäre nicht Spritze, wenn sie auf diesen Höhepunkt nicht noch einen höheren Punkt drauflegen könnte. Mit einem Oberschwesterblick sorgt sie für Ruhe. Endlose Sekunden absoluten Schweigens verstreichen. Dann zaubert sie mir nichts, dir nichts hinter ihrem Rücken eine Blockflöte hervor. Gegen das, was nun folgt, sind Bohnes Steine nur Butterkekse. Ich bete inständig, dass der Ohrenarzt Notdienst hat. Ich ahne, es wird Verletzte geben. Ein grausames Blockflöten-Massaker. Schlimme Hörstürze, blutende Trommelfelle und ewige Taubheit sind in Hörweite. Was Oberschwester Hiltrud da in der Hand hält, sieht vielleicht aus wie eine Blockflöte, entpuppt sich aber als Kreissäge mit Löchern. Nur deutlich lauter. Hingebungsvoll, mit geschlossenen Augen kreischt sie auf der Kreissägenflöte »Stille Nacht, heilige Nacht«. Gefühlte zwei Jahre lang. Die Augen immerzu geschlossen. So bekommt sie zumindest nicht mit, dass wir uns alle nach

Leibeskräften unsere Ohren zuhalten und vor Schmerzen auf den Bänken winden.

Irgendwann ist es still. Spritze lässt die Flöte sinken. Sie hält ihre Augen geschlossen und genießt diesen dankbaren Moment. Wir genießen die ewige Ruhe. Wir haben aufgehört zu atmen. Kein Hauch soll an dieser makellosen Ruhe kratzen.

Da ertönt ein Klatschen. Klar und deutlich. Spritze öffnet das linke Auge. Wir folgen ihrem Blick und sehen am Ende des Flurs den Onkel stehen. Er hat sich, wie wir, sehr rausgeputzt, einen dunkelroten Weihnachtspullover mit Elchmuster übergezogen und die Haare mit Gel und einem messerscharfen Mittelscheitel in weihnachtliche Form gebracht.

Spritze wird verlegen. Ihre beiden Pausbacken glühen wie Weihnachtsäpfel.

Das lässt auch uns, die Leidensgemeinschaft, nicht unberührt. Wir steigen in den Applaus mit ein. Was ist schon ein zerstörtes Trommelfell gegen wahre Liebe?

Der Onkel schreitet mit mutiger Entschlossenheit und einem dicken Geschenk unterm Arm den Gang entlang und überreicht der Oberschwester stolz eine Tüte von beachtlicher Größe. Spritze greift hinein und zaubert einen eierschalenfarbenen Pullover mit rotem Elchmuster hervor. Sofort und vor den Augen aller schlüpft sie in dieses Wunder norwegischer Strickkunst. Die gelbe Elchspritze ist zu Tränen gerührt und gibt dem Onkel einen saftigen Kuss mitten in sein Gesicht. Wir toben. Der Mann ist wirklich tapfer. Respekt. Der Applaus geht in einen rasenden Orkan über. Spritze schreibt unseren Jubel ihren Spielkünsten zu und verspricht hoch und heilig, nächstes Jahr wieder aufzutreten.

Herr Götter kommt als Nächstes und liest uns die Weihnachtsgeschichte vor. Er ist gnädig und macht es kurz. Der Mann hat Stil. Dann ist es soweit. Unser Stargast steht vor der Tür. Die Schwestern löschen alle Lichter. Allein die Kerzen leuchten im Dunkeln und tauchen unsere Station in flackernde Festlichkeit.

Die Spannung steigt spürbar. Poch. Poch. Poch, hämmert es an der Tür.

»Ja wer ist denn da?«, flötet Spritze in ihrem neuen Elchpullover Richtung Stationstür.

»Von draußen vom Walde komm ich her, ich muss euch sagen, es weihnachtet sehr«, dröhnt es mit tiefer Stimme zurück. Die Tür öffnet sich und der gewaltigste Weihnachtsmann aller Zeiten kommt herein. Groß wie ein Berg, stampft ein riesiges, rothaariges Mammut durch den Flur und durchleuchtet unsere Seelen mit seinen dunklen Augen. Er trägt einen großen Jutesack auf seinem Rücken. Knecht Ruprecht, die schwarze Gestalt mit der großen Rute, humpelt hinter ihm her. Entweder ist er mit dem Glöckner von Notre Dame verwandt oder er hat sich einen schlimmen Kreuzbandriss beim Aussteigen aus dem Elchschlitten zugezogen.

»Seid ihr denn auch alle brav gewesen?«, dröhnt der Weihnachtskoloss in die Runde. Zartes, verschüchtertes

Nicken muss als Antwort reichen. »Na, dann will ich doch mal in mein schwarzes Buch schauen«, brummt er, während er sich auf ein kleines Stühlchen setzt. Das Stühlchen ist nicht mehr zu sehen. Knecht Ruprecht, die Petze, hat natürlich nichts Besseres zu tun, als ihm das schwarze Buch der kleinen Sünden zu reichen.

Die Riesenpranken schlagen das Buch auf. Er schüttelt den Kopf und fragt in die Runde: »Wo haben wir denn die kleine Hiltrud?« Wir gucken uns an. Kein Kind auf der Station heißt Hiltrud. Niemand meldet sich. »Wer heißt hier Hiltrud? Keine Angst«, brummt das Weihnachtsmammut nun etwas strenger. Er meint Spritze! Na klar, wen sonst? Sie ist die einzige Hiltrud, die hier weit und breit rumläuft. Er knöpft sich nicht nur die Kinder vor. Er schnappt sich auch die Schwestern. Gott ist gerecht. Ich kann sehen, wie Spritze alle Farbe aus dem Gesicht weicht. Dass auch Schwestern hier öffentlich ausgepeitscht werden, ist niemandem in den Sinn gekommen. Uns auch nicht. Die Sache fängt langsam an Spaß zu machen.

Hiltrud trippelt nach vorne. Schweißtropfen bilden sich auf ihrer Nase. Der Elchpullover ist aus reiner Schurwolle und hat Spritzes Körper auf circa einhundert Grad gewärmt.

»Was muss ich hier lesen?« Mit funkelnden Augen blickt der Berg von einem Weihnachtsmann auf die glühende Schwester. »Du zwingst kranke Kinder dazu, Gemüse zu essen? Du weckst Hunderte von Kindern noch vor dem Morgengrauen? Du lässt dich rücksichtslos auf wehrlose Männer fallen?« Er schüttelt den Kopf. »Es war ein Unfall«, versucht Spritze sich zu retten. Doch Knecht Ruprecht steht schon hinter ihr und holt mit der Rute aus. »Es war Glück«, ruft der Onkel aufgeregt in den Flur. »Es war Glück«, flötet die Prinzessin dazwischen, die auf dem Arm des zukünftigen Maharadschas in Elchpullover sitzt. Der Weihnachtsmann runzelt die Stirn. »Es war dickes Glück und ein großer Spaß«, ergreift Bombe das Wort. »Ja sie war die Beste. Sie hat eindeutig gewonnen«, pflichtet Lippe ihm bei.

»Na, wenn das so ist«, lächelt der Weihnachtsmann gütig, greift in den riesigen Sack und überreicht der erleichterten Oberschwester ein großes Geschenk.

Damit ist das Eis gebrochen. Bei den meisten von uns läuft es glimpflich ab. Wir sind zwar alle verblüfft, woher der gewaltige Weihnachtsmann all diese Sachen über uns weiß – wir müssen einen Spion in unseren Reihen haben, oder jemand liest heimlich meine Notizen – doch am Ende bekommt jeder von uns sein Geschenk. Knecht Ruprecht kommt nicht zum Einsatz. Er fuchtelt höchstens ein bisschen mit der Rute durch die Luft. Bis Lippe an der Reihe ist. »Zum Schluss habe ich mir ein besonderes Früchtchen aufgehoben«, dröhnt es aus dem Mund des Weihnachtsmanns, »ein Früchtchen namens Tim!«

Auweia. Ich erkenne von Weitem, dass Lippe es auch so sieht. Der Satz trifft ihn wie ein Kinnhaken. Auweia. Es geht nicht anders. Lippe muss nach vorne. Direkt unter die Augen und den Bart des Weihnachtsmonsters. »Na, Tim, hast du mir was zu sagen?«

»Frohe Weihnachten?«, startet Lippe einen Versuch.

Weihnachtsmann. *Der einzige Dicke,*
der aus medizinischer Sicht nicht abnehmen muss.

»Wie wäre es mit Entschuldigung?«, brummt es tief aus dem Bart.

»Ach so, das.« Lippe zuckt mit den Schultern, holt tief Luft und fängt an.

»Entschuldigung dicker Weihnachtsmann, dass ich deinen Stuhl mit Leim eingeschmiert habe«. Der Weihnachtsmann springt wie von der Tarantel gestochen auf. Nichts. »Und Entschuldigung, dass ich immer lüge«, grinst Lippe ihm ins Gesicht. Knecht Ruprecht stürmt mit hoch erhobener Rute auf Lippe zu. Gedankenschnell knipst Herr Götter die Flurbeleuchtung an, rettet so Lippe und die Situation und sagt: »So, das war es, frohe Weihnachten lieber Weihnachtsmann. Wie schön, dass du heute hier sein konntest. Aber du hast noch einen weiten Weg bis nach Hause und überall auf der Welt warten die Kinder auf dich. Wir wollen dich und den Ruprecht nicht länger aufhalten. Eure Rentiere warten schon auf euch. Jeder von euch Kindern sofort ab aufs Zimmer.«

Wir gehen auf unser Zimmer und haben den Mund immer noch offen stehen – Lippe hat mal echt eine dicke Lippe riskiert. Den Weihnachtsmann zu veräppeln, auch wenn es ihn gar nicht gibt, dazu gehört schon was. Hut ab.

Ein echter Knaller.

Alle Kinder, bei denen es aus medizinischer Sicht zu verantworten ist, dürfen über die Weihnachtstage und Silvester nach Hause, um sich im Kreise ihrer Familie tagelang die Bäuche mit medizinisch bedenklichen Süßigkeiten vollzuschlagen.

So ist es ziemlich leer und ziemlich ruhig bei uns auf der Station. Bei uns haben Bombe, Lippe und Bizeps ihre Taschen und Tablettendosen gepackt und sind nach Hause abgedampft. Zweistein, Brötchen, Prinzessin und ich sind hiergeblieben.

Wir sind über die Weihnachtstage mit Bergen von Geschenken eingedeckt worden, sodass für die anderen gar kein Platz mehr im Zimmer gewesen wäre. Das Gute an Weihnachten im Krankenhaus ist, dass man mit Geschenken und Süßigkeiten überhäuft wird. Dinge, die du im gesunden Zustand nie im Leben bekommen würdest. Wünsche, an die du dich noch nicht einmal traust zu denken, geschweige denn, sie auf den Wunschzettel zu schreiben, sind plötzlich auf deinem Nachttisch oder in deinem Mund. Ich denke, das ist wahrscheinlich so eine Art Therapie für Mamas und Papas, Omas und Opas, Tanten und Onkel. Sie geben einen Haufen Geld für dich aus und schon geht es ihnen ein bisschen besser. Das nenn ich mal eine wunderbare Therapie mit super Nebenwirkungen. Und du hast auch genug Zeit, um in Ruhe alles auszuprobieren und zusammenzubauen.

Jedenfalls liege ich in meinem Bett und versuche, einen neuen Geschwindigkeitsrekord aufzustellen. Ich jage meinen Speedracer X 2000 granatenschnell durch das Videospiel und die Stadt, scheuche Fußgänger, Hunde und Streifenpolizisten von der Straße und baue jede Menge Unfälle. Was irgendwie auch zur Förderung meines Heilungsprozesses beiträgt. Seltsam.

Der Zweistein ist – wie sollte es auch anders sein – hinter einem Berg neuer Bücher abgetaucht. Genau genommen habe ich ihn schon seit Tagen nicht mehr gesehen. Hoffentlich liegt er da noch. Wenn ich still bin, kann ich das Blättern einer Seite hören. Es scheint alles in Ordnung zu sein.

Da Bizeps auch ins traute Heim abgedampft ist, hat die Prinzessin beschlossen, die Tage ganz zu uns zu ziehen und in seinem Bett zu schlafen. Sie ist zwar ein Mädchen, aber erstens hat sie jetzt raspelkurze Haare und sieht aus wie ein Junge und zweitens gehört sie zur Bande. Es macht uns also nichts aus.

In Sri Lanka ist man in der Regel Hindu. Ich weiß zwar nicht genau, was das bedeutet – außer, dass der Hindu an die Wiedergeburt glaubt und kein Weihnachten feiert – aber trotzdem will der vielköpfige Volksstamm seine Prinzessin nicht ohne jedes Geschenk lassen. Er hat Geld zusammengeworfen, um ihr kreatives Talent nach Kräften zu fördern. Das Volk hat der Prinzessin Blumipol einen

Künstler-Einsteigerkoffer geschenkt. Eine ganze Reihe verschiedener Pinsel und eine ganze Batterie unterschiedlichster Farben. Das ist aber mal ganz nach Blumipols Geschmack. Alles, was nicht bei drei auf den Bäumen war, hat sie mittlerweile in schillerndste Farben getaucht: Zahnputzbecher sind Zebrabecher geworden, der Besucherstuhl ist mit 435 Marienkäfern verziert und meine Badelatschen strahlen in glanzvollem Gold.

Am nachhaltigsten hat sich Blumipol aber dem Brötchen gewidmet. Brötchen ist mittlerweile komplett umgestaltet. Von einer eher durchschnittlichen griechischen Landschildkröte mit gewaltigem Hunger zu einer Discokröte mit einem weltweit einzigartigen Glitzersteinchen-Regenbogendekor.

Ihre kleinen Krallen an den Zehen strahlen in edlem Silber. Brötchens Panzer ist ein einziges Farbenmeer. Man könnte auch sagen eine einzige Farbenexplosion. Eine echte Hippiekröte, und wir überlegen schon, ob wir Brötchen nicht in Miss Britney Spears umbenennen sollen.

Brötchen lässt jede Verschönerung in aller Seelenruhe über sich ergehen, was vielleicht auch daran liegt, dass vor ihr eine Weintraube liegt, Brötchens neue Leidenschaft.

Der Prinzessin fällt immer noch was Neues ein. Irgendwann wird Brötchen wahrscheinlich sogar Wimperntusche und Lippenstift tragen.

So genießen wir unsere Tage in aller Seelenruhe. Es gibt kaum Behandlungen und Therapien, aber jede Menge guter Filme im Fernsehen.

Heute ist nun der 31. Dezember. Der letzte Tag des Jahres. Unsere Familien waren alle bei uns im Krankenhaus und haben sich am späten Nachmittag verabschiedet. Wir haben uns auf die guten Vorsätze fürs neue Jahr geeinigt und dann war Ruhe.

Mittlerweile ist es draußen dunkel geworden. Das Abendbrot ist nicht so schlecht wie sonst, aber schon längst vorbei.

Wir haben uns kleine Papphüte aufgesetzt und sind bereit für den großen Countdown.

Wir haben Zweisteins und Bizeps Bett zusammengeschoben, es uns dort gemütlich gemacht und krümmeln es seit Stunden mit Chips voll. Im Fernsehen läuft die große Silvesterparty, die aber ehrlich gesagt nicht der große Knaller ist.

Blumipol hat ein Teelicht mitgebracht und dieses mit Wachs auf Brötchens Rücken befestigt. So haben wir in unserem Zimmer die einzige krabbelnde Discokrötenkerze der Welt. Brötchen freut sich an dem flackernden Schein, den sie durch den Raum trägt, und an den süßen Trauben, die überall im Zimmer versteckt sind. Zur Feier des Tages gibt es sogar rote Trauben. Brötchen fühlt sich wie im Himmel.

Ich fühle mich gelangweilt. Das ist noch nie vorgekommen. Den Strahlern sei Dank. Aber jetzt ist irgendwie tote Hose. »Wie spät ist es denn eigentlich?«, frage ich in die Runde.

Zweistein zeigt auf die große Uhr, die unübersehbar im Fernsehen tickt. Fünf Minuten vor neun. »Ich zünde schon mal einen Knaller«, überlege ich mir und schwinge mich aus dem Bett. Ich öffne das Fenster und krame aus den Tiefen meines Nachttisches einen Knallfrosch hervor. Ein Geschenk meines besten Freundes Alex. »Jeder Bombenleger hat mal klein angefangen, hier, zum Üben«, hat er gesagt und mir ein Päckchen mit drei Knallfröschen in die Hand gedrückt. Ein echter Freund eben.

»Liebe Leute, die Generalprobe zum großen Silvesterfeuerwerk. Reißen Sie Ihre Augen auf und halten Sie sich die Ohren zu.« Ich gerate in Wallung.

Ich ziehe die Zündschnur des Knallfrosches gerade, krempele den Ärmel meines Frotteebademantels hoch und mache ein paar kurze Dehnübungen zur Lockerung. Ein letzter Blick nach draußen zeigt, die Luft ist rein. Also los, denke ich, knie mich hinunter zu Brötchen und halte die Zündschnur an das Teelicht auf ihrem Panzer. Zwei Sekunden später sprühen die ersten Funken. Ich springe auf, zähle bis zwei und schwinge in einer lockeren Bewegung meinen Wurfarm nach vorne. Der Knallfrosch fliegt im hohen Boden durch den Raum und vor den Fensterrahmen. Dann prallt er zurück ins Zimmer, um sogleich zu explodieren.

Ich greife nach Brötchen und hechte mit ihr zusammen aufs Bett. Knall. Bumm. Schepper. Bang. Der Knallfrosch hüpft lautstark und qualmend durch unser Zimmer. Mit großen Augen verfolgten wir, Brötchen eingeschlossen, die Show. Der Nebel und der Gestank sind unbeschreiblich. Der Krach auch. Dann ist es vorbei. Mit einem letzten müden Blobb springt der Rest vom Knallfrosch unter Lippes Bett und die Show ist beendet.

»Super Vorstellung. Das letzte Mal habe ich so ein Feuerwerk bei der Eröffnungsfeier der Olympischen Spiele gesehen«, kommentiert Zweistein das Gesehene. Die Prinzessin wendet sich wortlos wieder dem Fernsehprogramm zu.

Ich krieche unter das Bett, fange den qualmenden schwarzen Rest vom Frosch ein und werfe ihn mit spitzen Fingern aus dem Fenster. Gott sei Dank gucken die Schwestern auch die Silvestershow und haben von meinem großen Auftritt nichts mitgekriegt.

Die Uhr im Fernsehen zeigt 21.05. Mangels Alternativen entscheide ich mich also, meinen Kracherkörper ins Bett zu legen und auf Mitternacht zu warten. Ich schließe die Augen und döse weg.

»Hier fliegen gleich die Löcher aus dem Käse, denn nun geht sie los unsere Polonaise«, schallt es durch den Flur. Unsere Tür fliegt auf und hereinmarschiert kommt Bizeps inmitten seiner großen Brüder. »Na, ihr Totengräber, ich hab mir schon gedacht, dass ohne mich hier nichts läuft, ihr Schnarchnasen. Aber der Partylöwe ist da und hat euch was mitgebracht – die große Karaokemaschine.« Bizeps ist ziemlich aufgedreht. Seine Brüder schließen die Anlage an. »Wer will zuerst? «, fragt Bizeps in die Runde. »Ich und die Dancing Queen hier«, ertönt es von der Tür. Lippe ist auch gekommen und hat Linda, seine beste und bestsingendste Freundin mitgebracht. »Stayin' alive von den Bee Gees und ab geht's«, bringt sich die Linda gleich mit ein und eröffnet das Showprogramm. Die ersten Töne erklingen, Lippe, Zweistein und ich eröffnen die Tanzfläche und geben die Gebrüder Gibb als Bee Gees. Linda macht eine gute Figur, eine tolle Show und ersingt sich den Superstarmodus. Ich bin hellwach, es drängt mich auf die Bühne – 50 Cent. Hip-Hop ist genau mein Ding.

»Wie wär es mit dem guten Vorsatz Gesangsunterricht zu nehmen – Mister five Cent?«, höre ich Bombes Stimme, während ich auf den Applaus warte.

»Meinen Eltern war es zu langweilig zu Hause. Da hab ich gesagt, ich weiß, wo die Party abgeht. Seid nett zu ihnen.« Bombes Eltern haben jede Menge zu trinken und zu essen mitgebracht. So muss eine Jahresabschiedsparty sein.

Gerade als wir uns versammelt haben, um »We are the world« anzustimmen, steht auf einmal Spritze im Zimmer. Hand in Hand mit dem Onkel der Prinzessin. Ihrem neuen Freund.

»Ist das hier neuerdings eine Disco?«, fragt sie mit hochgezogenen Augenbrauen. »Ja, aber sagen sie es nicht der Oberschwester«, ruft Lippe ihr entgegen. »Kein Wort«, lacht Spritze. Wir stimmen unseren Pophit an und der Onkel fordert seine neue Flamme mit einem »Männewaal« zum Tanz auf. Sie legt ihm die Hand auf die Schulter und so schaukeln sie mehr oder weniger rhythmisch durchs Zimmer. Die große Oberschwester und der kleine, tapfere Mann.

Die Zeit vergeht wie im Flug. Nur noch zehn Minuten bis Mitternacht. Plötzlich steht Herr Götter im Zimmer. An seiner Seite Frau Götter. Die, wie der Name schon andeutet, erstens seine Frau ist und zweitens aussieht wie eine Göttin. So schöne Frauen sehe ich sonst nur in Mamas Klatschzeitschriften oder im Fernsehen. »Meine lieben erholungsbedürftigen Patienten – ich möchte, dass ihr nun strikt meiner ärztlichen Anweisung Folge leistet. Zieht euch einen warmen Bademantel über, nehmt ein Glas zur Hand und stellt euch ans Fenster. Die letzten zehn Sekunden bis Mitternacht zählt ihr so laut ihr könnt und dann gebt ihr mir das Kommando. Haben wir uns verstanden?« Er blickt in unsere erhitzen Discogesichter. »Jawoll Herr Götter«, erklingt es wie aus einem Mund.

Wir stehen am Fenster. Wie alle anderen Patienten auch. Die letzten zehn Sekunden begleiten wir mit lautem Geschrei aus dem Jahr. Pünktlich um Mitternacht brechen wir in großen Jubel aus und Herr und Frau Götter zünden das Feuerwerk. Rakete um Rakete jagt in den Nachthimmel und taucht das Krankenhaus in die buntesten Farben. Jede Rakete wird mit großem »Ahhhhhhh« und »Ohhhhh« begleitet.

Wir stoßen zusammen an, umarmen uns, küssen uns und werfen uns die sinnlosesten Wünsche fürs neue Jahr um die Ohren: »Schöne Schlafanzüge. Stabilen Blutdruck. Nie wieder Einläufe. Eine gute Darmflora. Ja, dir auch.« So muss Silvester sein.

Was immer das neue Jahr auch bringt, wir werden viel Spaß dabei haben.

Glück.

Ist ein Strahlen in den Augen und ein Freund im Arm.

Frank Dopheide.

Ex-Sportstudent, Ex-Rettungsschwimmer, Ex-Werbetexter und Ex-Mandeloperierter. Heute ist er immer noch in der Werbung und stolzer Vater von Niklas und Linda. Er lebt mitten in der Düsseldorfer Altstadt und hat wie alle normalen Menschen eine natürliche Scheu vor Krankenhäusern. Besonders mutig ist er auch nicht gerade. Das ist sein erstes Buch. Ein Buch mit Nebenwirkungen: Erstens soll es beim Lesen Endorphine (Glückshormone) freisetzen und zweitens geht von jedem verkauften Exemplar das Autorenhonorar als Spende an das Deutsche Kinderzentrum für herz- und krebskranke Kinder.

Mehr über die Strahler, die Unterstützung und die Abenteuer findet ihr unter *www.diestrahler.de*. Dort könnt ihr übrigens auch den Strahlern schreiben und eure eigenen Geschichten erzählen.

**Bibliografische Information
der Deutschen Bibliothek**
Die Deutsche Nationalbibliothek verzeichnet
diese Publikation in der
Deutschen Nationalbibliografie;
detaillierte bibliografische Daten
sind im Internet über http://dnb.d-nb.de abrufbar.

© 2010 Frank Dopheide, Düsseldorf

Die Rechte der Verbreitung liegen bei der
Droste Verlag GmbH, Düsseldorf

Illustrationen: Hajo Müller
Satz: Jürgen Schmidtmann
Buch- und Einbandgestaltung: Jürgen Adolph
Produktion: Peter Engel
Druck und Bindung: CPI – Clausen & Bosse, Leck

ISBN 978-3-7700-1422-4

www.drosteverlag.de